大风起平江

彭东明 著

海天出版社
HAITIAN PUBLISHING HOUSE
·深圳·

图书在版编目（CIP）数据

大风起平江 / 彭东明著. — 深圳：海天出版社，
2021.7
ISBN 978-7-5507-3195-0

Ⅰ. ①大… Ⅱ. ①彭… Ⅲ. ①报告文学—中国—当代
Ⅳ. ①I25

中国版本图书馆CIP数据核字(2021)第099545号

大风起平江
DAFENG QI PINGJIANG

出 品 人　聂雄前
责任编辑　徐娅敏
责任技编　郑　欢
责任校对　叶　果
封面设计　今亮後聲 HOPESOUND
2580590616@qq.com ·郭维维

出版发行　海天出版社
地　　址　深圳市彩田南路海天综合大厦　（518033）
网　　址　www.htph.com.cn
订购电话　0755-83460239（邮购、团购）
设计制作　深圳市知行格致文化传播有限公司　Tel：0755-83464427
印　　刷　中华商务联合印刷（广东）有限公司
开　　本　787mm×1092mm　1/16
印　　张　14.25
字　　数　170千
版　　次　2021年7月第1版
印　　次　2021年7月第1次
定　　价　59.00元

目录

平江，位于湘鄂赣三省交界处。境内沟壑纵横，群山环绕，全境4125平方公里，汨罗江自东向西流入洞庭湖。平江幕阜山，主峰海拔1596米，为湘鄂赣三省边界最高峰。

20世纪初，中国革命选择了这片边远而又辽阔的群山，1927年9月9日，毛泽东领导的秋收起义在这里打响第一枪；1928年7月22日，彭德怀在这里率部起义……从此，这片边远的群山失去了宁静，从1927年到1945年，汨罗江不是流着殷红的血水便是流着发臭的尸水，18年间，有25万优秀的平江儿女献出了自己宝贵的生命。1947年，平江只有38万人，1949年也才52万人。

从这片土地上走出了52位中华人民共和国开国将军和100多位省部级干部。

后来，这片土地便长久地安静了。

1986年，平江被列第一批国家扶贫开发工作重点县。历经33年与贫困的抗争，2019年3月，湖南省人民政府正式批复同意平江脱贫摘帽。这是一场旷日持久的脱贫攻坚战。

喻杰回乡

一

喻杰是在 1970 年 1 月 20 日回到故乡的。

他是加义镇丽江村人，1902 年出生，1926 年参加北伐，1928 年参加平江农工游击队，1930 年参加工农红军。参加了中央苏区的历次反"围剿"战斗，经历了两万五千里长征……新中国成立后历任粮食部常务副部长、商业部副部长、中央监委驻财政部监察组组长。"文革"期间，他被红卫兵从中央监委驻财政部监察组组长的领导岗位上揪下来批斗，批斗了三年之后，他被晾在一边，长久地无人问津。闲不住的喻杰，便向周恩来总理恳求，他想回乡务农。周总理在他的报告上做了批示，同意他回乡。

年近古稀的他，卷着铺盖，坐火车到长沙，然后转乘客车回乡。

客车卷带着尘土，在一道山坡边的土屋前停住，这里便是加义车站。喻杰下了车。然后从车站里搬来一架木梯子，爬上客车顶，将一卷铺盖、一口皮箱、一台缝纫机、一捆衣衫搬了下来。客车将他丢落在这土屋前，又匆忙地卷起漫天尘土走了。

一辆解放牌汽车在公路上呼啸而过，透过烟尘，喻杰望见了四十年前那一个清冷的黎明……队伍就要开拔了，他在半夜里匆匆从连云山溜回家，告别母亲和菊香，还有五岁的儿子砚斌。这一夜，他们通宵未眠，媳妇的眼泪像断线的珠子一样滚着，儿子睡在她的身边……他不断地给媳妇擦着眼泪。

他告诉菊香："你莫哭，你哭得这么伤心，会把孩子闹醒。"

菊香说："我想要不哭，可就是忍不住。你这一走，何时能回来呀……"她的声音颤颤悠悠。

"一年半载，顶多三年五载。"

"你何解硬要去？我们一起在家作田种土，把娃养大。"

喻杰不再说什么。

鸡叫三遍后，喻杰要走了。他在熟睡的儿子的脸上亲了一口。娘和菊香将他送到山坳上，她们相拥着抱在一块，哭成了泪人。山坳上的风，吹动着娘那一头白发，吹动着菊香那一头青丝。

在那一个清晨里，他一步三回头地走出了娘和媳妇那泪眼模糊的视线。他没有想到，三年五载他没能回得来，脚下的路是那么漫长……

队伍浩浩荡荡地从连云山离开之后，他们当天在长寿街开了火，消灭敌人新十师一个团，第二天在虹桥镇与敌人遭遇，歼敌三百余人，缴子弹八担、花机关五挺……三天后，他们攻克了修水县城，继而乘胜追击，拿下了万载县城……就在打下万载的那天，喻杰的堂弟喻新根翻过连云山、黄龙山、水牯岭山……千里追赶而来。

他告诉喻杰："你们一开拔，挨户团就一把火从枫树坳烧进来了，大火在丽江村燃了七天七夜，他们将大字写在枫树坳的大麻石上，'茅草要过烧，石头要过刀'，你娘、你媳妇，还有你儿子，都死在了他们的屠刀下。"

喻杰突然感到两眼发黑。

"娘啊——"喻杰仰天一声长呼，朝着连云山的方向扑通跪在了地上。

喻新根说："哥，你要赶紧将队伍拉回去报仇！"

喻杰说："我们的队伍要往东走，要上井冈山去，我怎么能拉得回去？"

队伍继续向东开拔，从此生死两茫茫。

新中国成立后，时任西北军政委员会贸易部长的喻杰，写了一封信到丽江村……

他的母亲、媳妇和儿子并没有像喻新根说的那样，成了挨户团的刀下鬼，当那一把火从枫树坳烧进来时，母亲果断地领着儿媳妇、孙子逃离丽江村，逃到了连云山上那终日云遮雾罩的深山老林里。她们在那荒山野岭里搭起了一个芦苇棚……

喻杰那封信来到丽江村后，喻家一家三口拿着这封信哭成了一团，他们都以为喻杰早就死了，做梦也没有想到他还活着。

婆媳俩当即决定，让砚斌到西安城里去找他爹。

母亲告诉砚斌："路在嘴巴上，拿着你爹这封信，你就一定能在西安城里找到你爹。你都 25 岁了，不要怕。"

砚斌说："我不怕，我爹两万五千里长征都走过去了，我走到西安城里怕么子。"

于是，砚斌背着一串麻耳子草鞋，一袋糯米粑粑，踏着腊月的霜冻上了路。他风餐露宿，走穿那一串麻耳子草鞋，吃完那一袋糯米粑粑之后，他终于在一个多月后走进了西安城。

当砚斌来到喻杰面前，半天后他才羞涩地叫了一声"爸"，20 年，他一直没有喊过这个字。

喻杰应着砚斌，一把将他搂进怀里。喻杰终于忍不住热泪滚滚而下，他万万没有想到，娘还在，媳妇还在，他的儿子都已经 25 岁了。

他让儿子在西安城里玩了一个星期，亲自领着儿子去吃西安最好吃的羊肉泡馍。

吃过羊肉泡馍，他便对儿子说："你该回去了。"

"爸爸……"

这一声叫唤，像从岁月的深处飘来，喻杰慢慢睁开眼，发现砚斌带了七八条汉子扛着扁担站在他的面前。

"爸爸，我们来晚了。"

"不晚，正好我在这屋檐下打了个盹。"喻杰揉了揉眼睛。

砚斌向喻杰介绍："爸，这是支书重生。"

"大伯。"重生忙上前拉着喻杰的手。

"重生哪！你都这么大了，你爹牺牲时，你才三个月。"重生是喻杰的侄子。

接着，砚斌向喻杰介绍这一路来接他的劳力。大家一一上前和他握手，并亲切地称呼他达老子。

喻杰在家时叫喻达云。平江人叫人只叫中间一个字，他是老人，所以就称他达老子。

他们一边说，一边往回走。

路是弯弯曲曲的羊肠小道，他们一会儿贴着小溪走，一会儿踏着踏水桥跨过清亮的溪水，有时没有桥，水中布着一排麻石墩子，他们就从这石墩子上踏过去。这条清亮的小溪，就叫丽江，它从连云山的深处而来，夹在两山之间，一路蜿蜒而下。

两山上疯长的灌木丛林，有时便将小溪严实地遮盖起来了，仰头根本看不见天。

喻杰说："原来这山上，生长着清一色的油茶树，丽江村年产茶油几千担，这小溪边上，隔个三里五里便是一家榨油坊。大革命时期，挨户团今天一把火，明天一把火，将这山上的油茶林全烧光了，这40年的雨水，白白浇灌了漫山遍野的荆棘丛林。"

寂寂地走着路。鸟在林木的深处叫着，那叫声似乎是在喊："看——见了活鬼。"愈听，便愈像。

蹚过一片荒凉的河滩，喻杰又问："现在村里人平均有多少水田？"

重生说："七分田。"

"亩产多少斤呢？"

"塅田和山上的挂壁丘、斗笠丘、蓑衣丘、冷浸田不一样，平均亩产是700斤左右。"

"这点粮食，能填饱肚子吗？"

"填不饱，还差一截。平时用红薯丝拌饭，到了青黄不接的时候，还得吃野菜。"

喻杰长长地叹了一口气："当初我们出去，就是为了吃饱肚子，没想到几十年过去了，还是不行啊。"

重生说："大伯，都是我们没有把田种好。"

喻杰又问："一个劳动日的工价是多少？"

重生说："各生产队不一样，最好的三毛七，最差的只有两毛四。"

"一个劳动力，从天亮干到天黑，两毛四也好，三毛七也好，油盐柴米的日子怎么过呀！"

重生不敢再吭声，大家也都不说话。天麻麻暗时，他们走到了丽江村。

40 年来，几回回梦里回丽江。黄昏后，看不清丽江村的山河田土，但喻杰却闻见了丽江村的气息，那柴草炊烟的气息，那青苔泥腥的气息，那松林和冬青树的气息……他深深地呼吸着。

走过一座小木桥，绕过一片竹林，砚斌老远便大声地喊："娘，奶奶，我爸回来了。"

走近了，喻杰才看清，娘和菊香早就依偎在屋门前，遥遥望着他归来。这画面，几乎和他离去时一模一样，不同的是那时娘是一头白发，菊香是一头青丝，现在是两头白发在夜风中飘着。娘已 96 岁，菊香也已有 70 岁了。

二

这一天，有一个跛脚老人上喻杰家来了。

老人说："我从杜庄山里来。"

杜庄村离丽江村有 70 多里山路，喻杰的孙媳菊英感到有点惊讶，这老人是怎么拖着一条跛腿走这么远的路来的。菊英迟疑地问道："您老找达老子有事吗？"

跛脚老人说："我来看看他，都 38 年没见了。"

菊英请老人进屋，给他泡了茶，然后进里屋将爷爷叫了出来。

跛脚老人赶忙站起来说："总支书，你还认得出我吗？"

喻杰摇着头，迟疑地问道："你是从桂东游击队出来的？"

跛脚老人说："总支书，我是牛满呀！你何解不记得了。"

"啊，牛满，我还以为你早死了。"说着，喻杰扑过去，一把将他抱在了怀里。两个老人，长久地抱着，泣不成声。

1932年秋，喻杰率领19人到桂东地区打游击，牛满便是其中之一。十个月后，当喻杰带领着600余人马浩浩荡荡地挥师赣江时，牛满的左脚却被一颗子弹打伤了，走不动路。

喻杰将牛满安置在老乡家里养伤，再三叮嘱他，把伤养好后再来追赶队伍。三个月后，他的伤好了，但脚筋断了，再也长不拢了。他跛着一条腿追赶队伍，苦苦追寻了三个月，而队伍却音信全无。后来，他不得不跛着一条残腿沿途讨米要饭，半年后终于回到了杜庄。

喻杰告诉他，队伍从南康开拔后，连续经历了78天的远征苦战，终于在1934年10月24日到达黔东，与贺龙的队伍会师。你一条跛腿，怎么追得上队伍呀！

两位久别重逢的老人长聊三天三夜之后，他们决定，结伴一同进咏生山里去。因为他们在咏生山里打游击、蹲山的日子最久，他们还想去看看那些山，那些人。咏生山，泛指连云山下处于加义镇、长寿镇、童市镇、虹桥镇之间这片广袤的山地。1934年6月，红六军团十六师的师长高咏生在这片山地上遇难之后，湘鄂赣省委为了纪念这位忠诚的战士，便将这片山地划为咏生县。然而，咏生县在人们记忆的长河里也只是星光一闪，1942年皖南事变之后，湘鄂赣省不存在了，咏生县也同样不复存在。

但是，在喻杰和牛满的心目中，这片大山依然叫作咏生。

他们蹒跚而行，第一天走出了丽江村，第二天走过了谢江村，第三天走进了清河村，这便算是进入咏生了。山越来越高，连绵起伏，全都笼罩在早春蒙蒙的细雨里，让人看不清眼前的山到底有多高，涧到底有多深。

乳白的寒雾随着山风从山上滚过来，起起伏伏，互相追逐，如同涨潮的大海上汹涌澎湃的波涛，这波涛落下去时，山上的林木看得清清楚楚，涨起来时，转眼便淹没了前边弯弯曲曲的羊肠小路，顿时使人感觉到这山的神秘莫测。

这一夜，喻杰住在牛满的木屋里。

牛满告诉喻杰，1934 年他讨饭回来时，这山里方圆上百里没有人烟。今天红军杀白军，明天白军杀红军，杀来杀去，杀到最后连尸体都没有人收了，后来便开始发人瘟，好好的一个人，打几天摆子之后便再也起不了床，于是，那些还没开始打摆子的人赶忙逃到山那边去。有书记载，咏生山里原有房屋 284 栋，2272 间，人口 6642 人，大革命后，片瓦无存，方圆百里绝人烟……

牛满说："我在原来祖上的老屋基上又架起了这三间木屋。守着这山，种着这地，我还一年一年开垦了几百亩油茶林……"

喻杰说："你一条半腿，还能开垦出几百亩油茶林，这不简单。"

牛满说："我只有这个能耐，别的事我做不了。"

喻杰又问他："这几十年，你何解没找个女子，生个娃。"

牛满说："我这一条半腿脚，不好去连累别人。"

喻杰叹息了一声："你以后干不动活了，就住到长寿镇光荣院去，你是失散红军，可以住进那里去。"

牛满说："我不去，哪里都不去了，那么多战友死在这山坡上，我守在这木屋里，陪着他们。"

夜是无边无际的荒凉，山溪水清清冷冷地流，夜莺不时从林木的深处传来几声凄楚的叫声……

早晨起来，是一个大好的晴天。

吃过早饭，他们继续逆小溪而上。阳光慷慷慨慨地照耀着群山，漫山的丛林繁茂地伸展着，好像碧绿的云，飘动在清朗蔚蓝的天空下。

三月的溪水，仍冰得人骨头发麻。他们将裤脚挽到大腿上，踩着结满青苔的卵石，一步一滑地走，涉过一道溪水，又走过一片河滩。宽阔的河滩上，东一丛西一丛零落地生长着冬茅草、狗儿刺，还有横七竖八腐烂在那里的老树，发臭的大水洼。

中午，他们走到了杜庄大队的支部书记刘保佑家里吃中饭。

牛满对保佑说："老革命达老子回来了，我陪他进山来看看。"

保佑赶忙上前握住喻杰的手："达老子，我早就听说您老回来了，一直想去看看您，万没想到，您老却上我家来了。"

喻杰说："我待在家里没事，就想出来看看。你娘身体还好吗？"

保佑说："还好。只是我爹死后，她老哭，把一双眼睛哭瞎了。"说着，保佑便挽着喻杰进了堂屋。一进屋便大声喊："娘，达老子看您来了，达老子是我爹当年的战友。"

他娘摸索着从里屋出来了，喻杰忙上前握住老太婆的手说："嫂子，你受苦了。"

保佑娘的眼泪便扑簌簌地掉了下来，她泣不成声地说："他爹都已经走了40年。"保佑的父亲是烈士，当年和喻杰一同参加革命。

保佑说："你们先喝茶，我帮老婆做饭去。"

他老婆将灶火烧了起来。保佑却从后门溜出去，"嗵嗵嗵"一路小跑上了后山。

屋子里烟太多，熏得人眼睛都睁不开，牛满便陪着喻杰到屋外去走走。这时，湿雾又浓起来了，他们站在屋门口坪子上，再也望不见对面的山，四野是那么安静，唯有屋角上的竹笕从后山架着泉水流进大木桶里发出的"叮咚"响。

已经是下午两点半了，仍不见开饭。

这时灶房里一点动静都没有了。牛满走进灶房问道："饭呢？"

女人忙从灶弯里站起来说："快了，这饭已经熟了，就吃。"

牛满只好又出来，陪喻杰一块在火塘边坐着，闷闷地抽烟。喻杰坐在这火塘边打起了瞌睡。牛满便没再打扰他，自己也靠在椅子上将眼睛合上了。

牛满在迷迷糊糊打瞌睡时，突然听见了一串急促的脚步声"嗵嗵嗵"地从后山下来。他想应该是保佑回来了。后来便听到保佑进了灶房，喘着粗气小声地对他媳妇说："跑了六户人家，没有借到一点肉。"

牛满便感到心里一阵发酸。他睁开眼发现喻杰也醒了。

这时保佑进堂屋来了，他穿着一件单衣，流着满头大汗，衣服全都汗湿了。牛满想，他为了去借肉，不知跑了多少路。

女人这时已经将碗筷摆好，将饭菜都端了上来。一碗新鲜的笋子，一碗炒辣椒，一碗酸菜。

保佑说："真对不住，一点荤菜都没有，达老子是贵客，从没到我家里来过。"他说着，一脸的愧疚。

喻杰说："这是好伙食呀，红薯丝拌饭，有笋有辣椒。"

吃过饭，牛满便说："该走了，下午到苦竹坳还有十七八里地。"

"还去苦竹坳，您只怕是发梦癫。"保佑起身夺了牛满的伞和袋子："天要下大雨了，你们走在这溪沟里，上不得上，下不得下，会被困在河滩上。"

喻杰到外边的坪子上看了看天色："下午只怕有一场大雨下来，俗话说，'一光一暗，大水顶坎'，今天不走了，就住在保佑家里吧。"

保佑就笑了。

于是，又回到火塘边聊天。

一场倾盆大雨不久就下来了，简直将天地都落黑了。

夜里雨停了，小溪水涨起来了，后山和前山，四野全是一片流水的声音。

喻杰和牛满挤在一张床上睡。冷风从墙上的裂缝灌进来，他们俩贴紧了睡，仍然感觉冷。牛满告诉喻杰："这面老墙上的裂缝，是1930年红十六师驻扎在这里时，取墙土熬了硝盐吃……"

天刚蒙蒙亮，四野里的鸟便叫起来了，叫得那么清丽，叫得那么悠长。鸟叫声把喻杰唤醒了，他悄悄起了床，他想到山上去走走，去看看这大雨过后的山林。

他穿过堂屋，火塘里的火还在冒着余烟，他看见保佑抱着一个孩子，他老婆怀里也抱着一个孩子，他们就这样斜靠在椅子上睡得正香。原来，他们家就两个床铺，保佑的娘带着两个孩子睡了一张床，还有一张床给了喻杰和牛满睡，他自己和老婆便只好抱着孩子在这火塘边上打盹。喻杰出了屋，站在阶矶上长长地叹了一口气。大雨过后的早晨，空气是那么清新。

早饭桌上，除了有新鲜春笋、酸菜和辣椒，还增加了一碗腊肉，一碗腊鱼。为了这两碗荤菜，保佑在昨夜里又跑了多少户人家呢？然而，有了这两碗荤菜上桌，保佑的心里才安然了。

吃过早饭就上路了。保佑将他们送过了一道弯又一道弯。

正午时分，他们到达了一个叫下马坑的三岔路口。有一个背脊弯驼的老头候在那里。走近了一看，牛满便认出他是袁启生，于是赶忙打招呼："启老子，你在这里搞么子呀？"

袁启生说："我听说你们进山了，下马坑是必经之路，我在这里守着，我要接你们到我家吃饭。"袁启生凑到喻杰面前，握住他的手："达老子，你还认得我吗？"

喻杰说："我不认得了。"

袁启生笑了笑说："40多年没见面，怪不得你不认得了。我就是虹桥镇丁万山家守家的那个长工呀！那年，你还在我的手上借走了丁老财50担谷子。"

喻杰说："我记起来了。"

那一年，喻杰在红三军团管钱粮。部队没了粮，他到虹桥镇上筹粮，只有丁万山家的仓里有粮，他在那里取走了50担谷子。当时，他担心那逃亡的丁万山回来后找这守仓的长工算账，便留下了一张红三军团供给部的借条，好让这长工脱身。

袁启生笑着说："我还以为你不记得我了呢！"

喻杰说："记得，记得，你可是帮了我们大忙的人呀！那50担谷，是救命的粮啊！"

他们随着袁启生翻过一个小山坳，穿过一片苦竹林，便到他家了。这是一栋三间的土坯屋，盖着杉皮，墙体到处裂着缝，门窗也早已斑驳。

这时袁启生朝内屋喊着："懒鬼，一屋的懒鬼，懒得屙血……"他一阵巴掌，便将老大、老二、老三、老四、老五、老六全拍起来了。

袁启生已经很老了，他的耳朵不是很灵便，牙齿已经掉得只剩了两颗门牙，因此说话时便不关风了，嘴巴一瘪一瘪。

"我这一辈子，带大这一窝崽不容易。13岁那年，我就到丁家做长工，一做28年，把背脊都做驼了……我靠一根扁担养大一窝崽。

"我这屋，1928年那一场大火烧掉了，挨户团说我老弟不该去当'匪'，就一把火将我家的屋烧了，把我娘老子也烧在里头。我老弟是跟彭德怀的队伍走的，那一天早晨，新根在对门喊：启生哪，彭德怀的队伍扎在三峰尖，要兵，你们两兄弟，随便去一个，要去得快，队伍就要开拔了。

"我老弟说：'哥哥你有老婆，你莫去，我去。'他锄头一丢，早饭没吃就去了，走到对门坡上还在喊，哥哥啊，我如果回不来，你要过继一个儿子承继我，要续起我这一炉香火……一边喊，一边过了山坳。这一去就再也没了音信，后来才听说他死在了江西万载，新中国成立后，他被评了烈士，如今上边年年发120元抚恤金下来，我让小六子承继了他，为他续起那一炉香火。可是，这香火终究还是要断，小六子38岁了，还没讨老婆，我这几个儿子，也没有一个讨到老婆……"

袁启生说着，起身从土墙的裂缝中抠出一个小竹筒，然后从竹筒里取出了一个纸卷，他慢慢将这发黄的纸卷打开，十分慎重地送到喻杰的面前。

他说："达老子呀，这是你那年从我手上借走那50担谷子的借条。"

喻杰接过一看，连忙说："没假，这上边有红三军团供给部的大印，还有我的签名。"

袁启生说："你们的队伍一开拔，丁万山就回来了，他用鞭子把我抽得满身是伤，他怪我没有给他看守好家。我把你写的这个条子给他看，他不看，他说，'谷是你手上借出去的，归你还'。后来，他硬是扣掉我三年的长工钱，还清了那 50 担谷。"

喻杰叹了一口闷气："是我连累你，让你受苦了。"

袁启生说："要不是日子过不下去了，我也不得向你提起这几十年前的旧账。我的儿子要讨媳妇，我要做几间屋……"

喻杰说："该还，而且还应该加倍还，我欠你太久……"

正聊着，邻居狗牯来了，他就住在斜对门的屋场里，两栋屋只隔了几丘田。

狗牯一进门便说："达老子、牛满爹，你们到了老袁家里吃饭，也要到我家去吃餐饭。"

袁启生说："要得，狗牯的饭菜搞得蛮好，平常村上有忧喜双事，都请他办厨。中饭在我家吃，夜饭在他家吃，晚上睡我家，我家有四副铺盖。"

牛满想了想，对喻杰说："我看也要得，这山里，一户人家有四副铺盖的还真不多，他们几兄弟挪一下，就挪出一副铺盖给我们睡了。"

喻杰说："要得，今夜就住袁启生家，夜里我们好好聊聊天。今天我们在村里随便走走，再去看几户人家。"

袁启生说："这村里困难户多，后背屋场的段老三，一家六口才一副铺盖，封神洞的单身汉吴东初，一个人住在树上……"

喻杰急不可耐地说："走吧，我们这就去看看。"

牛满陪着喻杰翻过一道山坳，穿过一片竹林，便到了段老三家。

三间用芦茅草盖就的土屋，立在半山腰上。屋门前的土坪子上，有四个小女孩在草地上玩耍，见人来了，便愣愣地望着。

牛满问道："你们的爸爸在家吗？"

一个大一点的女孩怯怯地说："走了，去了山上。"

"你妈呢？"

"在家里睡觉。"

他们进了屋。牛满来到里屋，大声喊道："条梅呀，来了客。"

那个叫条梅的女人躺在床上，用手将帐子撩开，探出头来望着牛满。她说："牛满爹，孩子爸不在家了。"她说着，并没有起床的意思。

牛满从屋里提了两把没了靠背的椅子，吹去上边的灰尘，和喻杰一道坐在了外边的阶矶上。

阶矶边的竹篙上，晾着一条刚洗过的裤子，还在滴着水。牛满知道，女人躺在床上不起来，是因为这裤子才洗，她只有这一条裤子，因此只能躲在床铺里等裤子干。只有一条裤子的人，在这山里不是只她一家。

这时条梅在床上喊："牛满爹，麻烦您给客人泡杯茶喝。"

牛满便提起火塘上烧着的铜壶泡了两杯茶。

条梅又在床上喊："牛满爹，大柜上格的破布下边，还有一包盐果子，麻烦您拿给客人吃。"

牛满便到大柜里去翻："一点盐果子，还藏这么深。"

条梅说："不藏得深些，早就被那几个饿牢里放出来的鬼丫头吃光了。"

牛满将那一包混合苦瓜干、刀豆干、紫苏干、麻梨子干的盐果子从柜子里找了出来，摆在高凳上，喻杰拿起一块苦瓜干吃着，连连说："真好吃，几十年没有吃过了。"

牛满说："条梅心灵手巧，这村子里，她晒出来的盐果子最好吃。可是，巧媳妇难为无米之炊，她这个家，没有好东西让她去弄。"

那四个小女孩，便站在坪子上愣愣地望着他们吃。大的十一二岁，小的才三四岁，一个个面黄肌瘦。

喻杰对她们喊道："你们几个孩子快过来，一块吃。"

条梅却在屋里床上喊："你莫管她们，那都是从饿牢里放出来的，一下子就会被她们抢光。"

喻杰却说："你们过来，我们一块吃。"

她们慢慢过来了，怯怯地站在一边望着，并不像条梅说的那样上来一下子抢光。

喻杰将盐果子放到她们的手板上。她们一一接了，高兴地跑到那边草地上，笑着，闹着，开心地吃着。

吃晚饭时，他们来到了狗牯家。这是立在一棵大樟树下的一间半土坏屋。一间屋住人，半间屋做饭。

这屋里，除了一个床铺，几乎就没有别的东西了，牛满告诉喻杰，狗牯的父亲是1929年跟彭德怀的队伍走的，这一走便杳无音信。他娘带着他过日子，也没给他取什么正经名字，一直喊他狗伢子，后来生产队要给他立户名，就写了个名字叫汤狗牯。

狗牯娘说："达老子，你可晓得他爹的下落，他爹叫汤祥保，额头上有一个黑痣。"

喻杰说："我不认识他。"

火塘里的青烟在静静地冒着。

吃过饭，临走时，喻杰从口袋里掏了十块钱交给狗牯，他说："你去请个木匠，做张简易床，去买一副铺盖，莫再跟你娘挤在一张床上睡了。"

狗牯却不肯接这钱。

牛满在一边劝着："狗牯你就接着，这是达老子的一点心意。"

狗牯便收下了。

然后，狗牯点燃一个杉皮火把，送他们两个到对门的袁启生家去。

夜里，他们坐在火塘边和袁启生一家聊了一阵天，然后上床睡觉，这一天，喻杰和牛满走得很累，应该倒上床便睡熟。然而，一上床小咬便在他们的身上咬开了。牛满对喻杰说："不晓得这是虱子、臭虫，还是跳蚤，咬死个人呀！"

喻杰说："你莫去想了，俗话说，虱多不痒，让它咬，咬久了就没有感觉了。西路军打散后，我一路讨饭回延安那些日子，哪一天不是虱子伴着，久而久之便习惯了。"

牛满便没抓了，也不再说什么。但过了一阵子，他又忍不住上下不停地抓，后来又骂："人穷水不穷呀……何解不洗被帐……"

而那边房里的鼾声却是此起彼伏，根本听不见这边的骂声。

天亮后，喻杰和牛满早早地起了床。

吃过早饭，他们告辞上路了。

后来，他们一口气爬上了高高的杨梅坳，并且在一棵老杨梅树下找到了三四十年前蹲过的那个岩洞。他们坐在岩洞口一根接着一根抽烟。岩洞依旧，只是积了一层厚厚的鸟粪，结了一层厚厚的青苔。当时，喻杰和牛满他们十几个人，在这里蹲了三个多月。

坐在这洞口，依然能望见山坡里那片茂盛的楠竹。楠竹林后面那栋杉皮屋还在。一片紫云英和夹竹桃撩人的绯雾里，喻杰看见一个细眉大眼、苗苗条条的姑娘背着一只盛满猪草的竹篓，顺着坡边的楠竹林往山上走。两条又粗又黑的辫子，在她的背上甩来甩去。她沿着小路爬进洞来，擦一把额头上的细汗，那胸脯一起一伏，喘着粗气……他们迫不及待地掀开了竹篓上盖着的那一层猪草，将下面的红薯丝拌饭大把大把地抓着吃。就这样，她天天背着竹篓爬上山，把饭送进岩洞里来……后来，她家的红薯丝拌饭送光了，她就采了葛根拌禾架草做成粑粑，或是采了嫩棕子磨成浆拌苦荬菜捏成饼，这山地上能吃的都被她采光了……

喻杰和牛满坐在岩洞口抽过三支烟之后，便顺着她送饭时走的那条茅深草乱的小路下山。喻杰推开三四十年前那栋杉皮小屋的门。她坐在灶弯里抬起头，露出一口掉光了牙齿的牙床，茫然地望着他们。

她身边的女儿长得和她当年一模一样，脸上嵌着两个深深的酒窝，不同的只是比她当年显得憔悴得多。

她们手上的饭碗里，仍多半是红薯丝，少半是白米饭，桌上摆着一碗酸菜，一碗辣椒酱。

"袁桂英——"牛满颤颤地叫了她一声。

"是牛满吗？"她那因落光牙齿而干瘪下去了的嘴唇凄然地笑了笑。

"我是牛满。"

"是什么风把你吹来了？"

"我今天领了一个人来看你。"牛满将喻杰推到前面，"你看看，还认得他吗？"

她望了一阵，最后却摇了摇头。

牛满说："他是喻杰。"

她还是茫然地摇着头。

牛满说："他是喻达云，那时他叫喻达云，我们一块儿在你这屋后的岩洞里蹲了三个半月。"

"嗬，我认出来了，是达云。"她站立起来，眼里放出异样的光芒。

喻杰忙上前一把握住她的手，竟长久地说不出一句话。

袁桂英忙去泡了茶端上来。

她那女儿，坐在饭桌边一直埋着头，似是不敢望他们。

牛满告诉喻杰："桂英这女儿在小时候病坏了，走不得路，说不出话。"

袁桂英说："这孩子，就是在我爹出事的那一夜病坏的。你们跟着队伍走后，我爹带领着那几个伤病员，还在这山里打了三年多游击，后来，叛徒胡春万把他们出卖了，那一夜，挨户团埋伏在苦竹坳，将我爹和孩子他爹抓了，当夜就杀在野猪峡的河滩上。我和我娘去收尸，孩子在家发烧，一天一夜高烧过来，她就不会说话了……"

喻杰问袁桂英："你们母女，现在靠什么生活呢？"

袁桂英说："我爹和孩子他爹，每人每年都有 120 元抚恤金下来。大队还给我们进了五保户，每年有八担谷。"

喻杰说："这也还差一截呀！"

袁桂英说："我自己还在地里种点红薯、苞谷、麦子、豆子，这一凑合也就差不多了。我要是死在这孩子的前头，真不晓得她怎么过，要是她死在我前头就好了……"

喻杰将身上仅剩的 20 元钱塞到袁桂英的手上："这点钱，你先拿去补贴一下生活。日后，我们再慢慢想办法……"

袁桂英却不肯要，一个劲推辞着。

牛满在一旁说："桂英呀，这是达老子的一片心意，你硬是不要，他的心里更难受。"

经牛满这么一说，袁桂英便将这钱收下了。

…………

喻杰和牛满在这大山里转了半个多月才回去。

出山后，喻杰立即给平江县委写了一封信，他希望县委马上还清袁启生那一笔老账。他说，这是共和国欠下的债，43 年了，应该连本带利加倍偿还。

很快，平江县委还清了这笔陈年旧账。

1971 年 6 月，喻杰从自己的积蓄中拿出 4000 元钱，他建议从加义谢江修一条经清河、周方、桑园、杜庄等最后到达复兴山腹部的公路。在他的带领下，许多在这片土地上战斗过的老革命以及社会各界人士都纷纷捐款，后来，又得到了各级政府的重视，一年又一年，公路一节一节往山的深处拓展。15 年后的 1986 年秋天，一条毛坯公路终于穿过崇山峻岭，来到了复兴山里。

那一天，县林业局的一辆解放牌卡车来试路。清早，沿途的婆婆老老便都换上了新衣，他们抱着孙崽，坐在路边等候。车子缓缓地开进来时，人们便将那早已封好的红包塞给司机，然后点燃一挂鞭炮。

在这山里，只有砌屋上梁的时候，才封了红包送给砖匠师傅，意在祈愿福寿无边；只有在收亲做床的时候，才封了红包送给木匠师傅，意在祈望早生贵子。而那一天，人们也像造屋做床一样，封了红包送给开车的师傅，愿这迟来的春天久长。

司机拆开红包，里面是一沓纸票子，有一角的，五分的，甚至还有一分的二分的。小伙子的眼睛红了。于是，他把车开得更慢，让这两边的人们，把汽车看得更清楚。

喻杰四处奔走呼号，建议在原咏生县委所在地，即加义镇、长寿镇、虹桥镇、童市镇之间这片200多平方公里的土地上，单独建立一个行政区域，以便更有针对性地进行整体扶贫。也就是说，早在1971年，喻杰便将扶贫作为一项重要工作响亮地提了出来。

他年复一年持之以恒地给县里、省里、中央写信……1984年10月，国家终于批准设立咏生乡，在淅淅沥沥的秋雨中，咏生乡的牌子在一栋土坯屋的大门口挂了起来。从此，每年都有扶贫工作队从县里、市里或省里下到咏生乡进行整体扶贫。2015年11月，咏生乡、加义镇成建制合并设立加义镇。

三

从丽江村逆河而上，便是国有芦头林场。

这一天晚上，芦头林场的吴场长来找喻杰聊天，喻杰正在煤油灯下写信。因为灯光暗淡，他的头几乎贴到桌面上了。

吴场长说："达老子，您现在回来照煤油灯，读书、写字不方便，我们芦头林场给您拉一条专线过来，保证您的照明。"

喻杰的脸却沉了下来："我一家人照上电灯了，可是丽江村其他人家呢？"

吴场长说："其他人家我就管不了了，我们那台发电机的功率有限。"

喻杰说："我们丽江村，在大革命期间一共死了200多号人，那一年，和我一路跟队伍走的有87个人，如今就我一个人回来了。你说，就我家人照着电灯，别人家都没有，我照着这电灯心安吗？"

吴场长坐在那里不吭声了。

喻杰接着又说："我们丽江村，山高田少土地薄，是个穷地方，只有水不穷，从你芦头林场下来，这一河水多旺呀！这里山势落差又大，是办小水电最好的地方。我看，要改变丽江村的面貌，最好的办法就是大办小水电。"

吴场长说："达老子您真是胸怀全村，站得高，看得远。"

喻杰纠正他的话："这不是全村的问题，如果丽江村的小水电办成功了，徐家洞、辜家洞、灶门洞、清河、杜庄、复兴……都可以办，连云山上就是水多，这儿山形地势都差不多。"

吴场长说："达老子，您办小水电，有用得着我的地方，您就只管吩咐。"

喻杰说："别的没有，建电站用的木材可得找你要。"

吴场长胸膛一拍："达老子您放心，您修电站要木材，要多少给多少。"

喻杰说:"你在芦头林场搞了多年,这一河水从芦头到丽江,哪里急哪里缓,哪里宽哪里窄,你是眼睛一闭心里一默神就清清楚楚,我问你,这大坝筑在哪里最好?"

吴场长便闭目养神片刻,将这河水从连云山上下来,经芦头到丽江这30多里水路寸寸节节过一道目,然后,十分肯定地说:"我看建在山口最好,那地方口子紧,两边都是石头山,基础牢靠,下边落差大。"

喻杰高兴得在吴场长的胸膛上擂了一拳:"真是英雄所见略同,我想来想去,也是认为只有建在山口最好。"

那一夜,喻杰送走了吴场长,便兴奋地画了一张在山口建电站的草图。

第二天,喻杰建议重生召开一个大队支委会会议,大家讨论一下在山口建电站的事。

因为白天大伙都要干活,这会只能晚上开,而晚上开会,喻杰从横圳走到大队队部十几里山路又不方便。重生考虑来考虑去,便将这个大队支委会会议放到喻杰家里开。

大家挤在喻杰的睡房兼书房里开会。喻杰将在山口建电站这一想法刚一提出来,头一个跳出来反对的竟是儿子砚斌。

砚斌说:"爸呀,这个馊主意您就莫出了,那年您寄6000元钱回村里,号召修电站,结果那道坝冬天筑起来,春天一涨水就冲掉了,不但您那6000元钱打了水漂,还害得村上欠一屁股搭一巴掌的债。"

这是说1964年,喻杰给丽江大队写信:"丽江无煤缺油,可丽江河水长流不息,你们应该拦河筑坝,蓄水发电……"他将自己积蓄的6000元钱一并寄给了丽江大队。

大队接了他的信和钱，便号召全村劳力，一个冬天就将拦河坝筑起来了。可是，万万没有想到，第二年春天一场山洪下来，这拦河坝就被冲了。

喻杰说："你们不能一朝被蛇咬，十年怕井绳，那年的大坝被冲，主要是因为仓促上马，坝址没有选好。施工也有问题。"

说着，喻杰便将他昨夜画好的那张图摊开来："你们大家看看，我想了很久，这一回，我们把大坝筑在山口，这里口子紧，基础牢，只要合理设计，科学施工，肯定没有问题……我们丽江山高田少土地薄，只有一河好水，却又白白地流掉了，真是端着金饭碗讨米呀！"

支书重生说："大伯呀！您这主意好是好，可是这修电站的钱从哪里来呀？"

喻杰说："两条腿走路，去找政府要一点，自筹一点。"

重生说："全部找政府要还差不多，自筹没门，那年修电站欠的账，大队到现在都没有还清。"

喻杰说："我们可以向私人筹集，有余钱剩米的都可以入股，门槛不设高了，十块钱一股，一股也行，两股也行，众人拾柴火焰高，我们成立一家国家、集体、个人组成的股份制有限公司。"

支书重生说："大家都听我大伯的指挥，他说怎么办，我们就怎么办。"

大队支委会散后，喻杰连夜给中央有关领导同志写信，提出了由国家、集体、个人合资办水电股份公司的想法。

信寄出之后，喻杰就迫不及待地将县水利局的工程技术人员请来，到山口现场勘测设计，他每天都到现场去，每一个细节都和他们反复商量。

设计图纸出来之后，喻杰便拿着这张图纸出山，他到长沙、到北京四处讨钱。每到一处，喻杰总是说："平江县为中国革命牺牲了25万人，一个小小的丽江村就牺牲了235人，你们怎么支持都不为过……"

喻杰奔走呼号，终于从中央、从省里要来了150万元。可是，丽江电站通过设计预算，却需要238万元才能修得起来。

大坝清基在秋后的枯水季节正式动工。他们必须赶在明年的桃花汛到来之前将大坝筑起来，不然，一切又会像上一次那样付诸东流。从动工的那一天起，喻杰天天守在工地上，他和工程技术人员一道，把守着每一个环节。

在大规模修筑之前，必须要修筑一道围堰，将丽江水拦断分流，然后才能进行大坝清基。

在修筑围堰的日子里，丽江大队动员全村所有男女劳动力，分成三班倒，人如蚂蚁牵线一般不分昼夜地抬着石头，用推车推着黄泥，从丽江河两岸一寸一寸往河中心修筑。随着围堰越筑越长，变窄了的丽江，水流便越来越急。喻杰不分昼夜地坐守在工地上指挥，守到第五天，他晕倒在工地上，人们将他抬回了家。

他在家里睡了一觉，缓过神来之后，又拄着拐杖到工地上去了。这一回，儿子砚斌霸蛮地将他送回家了。砚斌说："爸，您这不是来添乱吗？修筑围堰到了最后的关键时刻，每分每秒都在抢，您万一又病倒了，我们到底是抢修围堰，还是抢救您？"

喻杰说："我不放心，我们必须要抢在这枯水季节将大坝筑起来，不然又会像上次一样，付诸东流。"

砚斌说:"爸,您放心吧,我时时刻刻都守在这工地上。"

喻杰被儿子好说歹说劝回了家。

身为大队长的砚斌,不分昼夜守在围堰上指挥,围堰在全村男女老少的努力下,一寸一寸向着江中推进,他们奋战到第八个昼夜的凌晨三点十分,围堰终于合龙。

在大伙一片欢呼声中,大队长喻砚斌倒在了堰坝上。人们这才猛然想起,砚斌已经有八天八夜没有上过床。

砚斌心脏病突发,没有再站起来,他就这样永远地走了。他带着两脚的泥巴,走进了另一个世界……

围堰筑起来之后,紧接着便开始了大坝清基。

喻杰强忍着失去儿子的悲痛,每一天都守在工地上,亲自过目每一个细微之处。

支书重生心痛地说:"大伯呀,您没有必要没日没夜守在这工地上了,您一旦病倒了,又要分散我们的精力,这就叫帮倒忙了。"

工程技术人员也说:"这基础已经起来了,喻老您就放心吧。往后,您隔三岔五来看看就行了。"

喻杰说:"这工程质量关,由你们工程技术人员把,你们要守在这里,一天也不能离开。"

工程技术人员向他保证,一定每天都守在工地上,这样喻杰才回家了。但回家待不了两天,他又要到工地上来看看。凡工地上的事,无论巨细,他都要过问。在机房设计上,工程技术人员设计了一个旋转梯,喻杰问他们,这个旋转梯很复杂,有多大的意义?工程技术人员告诉他,主要是为了美观。喻杰大手一挥,在图纸上将这旋转梯画掉,改成了木梯子。他说，为了美观，多花几千元，不值得。

在购买水泥时，每吨要收 6 元押金，如果水泥袋完好无损地退回，不仅退回押金，每只水泥袋还退两角钱，一吨水泥 20 袋，可收回 4 元钱。喻杰便找了一个细心的人，专门在工地上负责回收水泥袋。在丽江电站的整个建设过程中，一共用了两千吨水泥，水泥袋一个也没有损坏，全都完好无损地回收，单这一项，便节约资金 8000 元。

隔三岔五，上边有人来检查，喻杰也有规定，不许下馆子，只能在工地食堂里加两个荤菜，并严禁喝酒。有重要客人来，喻杰亲自作陪，每次陪完客人，他都规规矩矩地将餐票放在桌子上。一个七级老干部陪餐都付餐票，无论是从县里还是从省里来的客人，每次也都规规矩矩地将三两粮票、一毛五分钱的伙食费交给工地食堂……

1982 年的冬天，丽江电站终于发电了。在这一个年三十夜，电灯将丽江村家家户户照得通亮。

四

随着滚滚而来的商品经济大潮，平江县各地都办起了乡镇企业。长寿镇办了酱皮干厂，加义镇办起了竹器厂。喻杰认为，这些厂都办得好，长寿街的酱干子有悠久的历史，长寿酱干是远近出了名的，现在把各家各户的作坊整合起来，更能形成品牌效应。加义这地方竹子多，以前都是卖毛竹，卖不到几个钱，现在加工成凉席、篮子、盘子、笔筒，楠竹的价格就大不一样了。然而，有一天喻杰的一个亲戚从爽口乡过来，他对喻杰说："爽口乡准备上马办一个生产平板玻璃的厂子。"

喻杰的眼睛一下子瞪大了，问："爽口乡怎么能生产玻璃呢？办玻璃厂要消耗大量的焦煤，平江不产煤，又不通火车，如果从山西将焦煤运到平江办玻璃厂，这不萝卜花了肉价钱？"

听亲戚这么一说，喻杰便像热锅上的蚂蚁一样，坐立不安了。他在屋子里走了几个来回之后，对一旁的孙媳说："菊英呀，你明天起个早床搞饭吃，天亮就吃饭，我要到爽口乡去一趟。"

菊英说："爷爷，您都这么大岁数了，到爽口三四十里地，这天寒地冻，怕摔跤。"

喻杰果断地说："不行，非得去，这肯定是一桩背时生意。"

孙媳菊英叹了一口气："爷爷，不是我说您，您要管闲事，就管一下我们加义镇的闲事算了，爽口乡的事您就莫去操心了，您又不是太平洋上的警察，管那么宽。"

…………

孙媳妇菊英无疑没能劝阻住喻杰到安定区爽口乡去管他们办玻璃厂一事。她天一亮便将早饭弄好，让爷爷吃了赶早上路。喻杰从横圳走了三个小时的山路到达加义镇，然后坐在路边等了个把小时，才等来一辆班车，他挤在这辆拥挤不堪的破旧班车上，站了一个小时终于到达爽口乡。

喻杰在一个小山坡里的一排厂房前自报家门："我是加义镇丽江村的达老子，我来参观你们的乡办工厂。"

这个乡办工厂的厂长名叫吴佛佑，他闻声从屋子里跑出来，双手紧紧握住喻杰的手说："达老子，您是老革命，热烈欢迎您老到我们工厂视察。"

吴佛佑不是乡里的国家干部，他属于集体干部，人灵泛，做事热情高，当这厂子的厂长已有十年。最初他在这里办了一个榨菜厂，榨菜厂办了两年赚不到钱，转产办了杨梅罐头厂，杨梅罐头厂办了一年多，因为原材料远远跟不上，只好转产办一个铁器加工厂，请了各村一帮铁匠师傅在这里打锄头、耙头、镰刀、斧头……后来乡里买了一台拖拉机，这个铁器厂便更名成了农机修配厂。修配厂经营了两年，又搞不下去了，只好又回过头来做食品，转产办饼干厂……

吴佛佑将喻杰迎进屋，将热茶泡上，又将炭盆火烧了起来。吴佛佑说："达老子，这天寒地冻，您大老远跑来视察，我们真是受不起呀！"

喻杰说："我听说你们要办一个平板玻璃厂？"

吴佛佑说："是呀！正在筹划之中，已经派了人出去订购机械设备。"

喻杰问："你们怎么想着要办一个玻璃厂呢？"

吴佛佑说："现在改革开放了，县城以及各乡镇的机关单位、学校、厂矿企业，甚至先富起来的农家，到处都在建新房，建了房，就得装玻璃，而我们县到目前为止还没有一家玻璃厂。因此，我们想着，办一个玻璃厂，销路会好得很，就只供应一个平江县都会供不应求，根本用不着到外面去搞推销。"

喻杰问："生产玻璃需要耗费大量焦煤，平江不产煤，这焦煤从何而来？"

吴佛佑说："我已初步联系好了，从山西大同进购焦煤。"

喻杰说："平江不通火车，如今汨罗江上修了好几座电站，又不通水路了，这煤怎么从山西大同运过来？"

吴佛佑说："先用火车将煤从山西运到长沙，然后再用汽车从长沙运到爽口。根据我们目前的设计，每天用解放牌汽车拖六车煤就够了……"

吴佛佑正滔滔不绝地讲着时，爽口乡党委李书记闻信赶来了，他一进门便大声说："欢迎欢迎，热烈欢迎达老子到爽口乡视察。"

喻杰说："视察谈不上，我是吃了饭没事，到处走走看看管闲事。"

李书记说："达老子，这厂房里太简陋太冷了，您到乡里去坐，我给您做汇报。"

喻杰说："好，这里太嘈杂，讲话费劲，我们到乡里去聊天。"

他们出门之后，喻杰对吴佛佑说："你这里有会打算盘的人吗？"

吴佛佑说："我们厂里的丁会计，就是一个远近闻名的算盘高手，他可以左右手同时开弓。"

喻杰说："这好，你现在就去和丁会计一同算笔账，这每天生产平板玻璃的原材料要多少钱，人工工资要多少钱，燃料要多少钱，特别是燃料的运费要算清楚。算清了成本之后，再算每天生产的玻璃能卖多少钱。要算细账，不能算摸脑壳数字。你要是算了摸脑壳数字给我，我就用这棍子抽你。"喻杰将手中的拐杖举起来，吓得吴佛佑一跳。

喻杰随李书记来到乡政府，李书记将茶泡上之后，打开本子，正襟危坐，给达老子汇报爽口乡的粮食、油菜、生猪等多种生产情况，以及植树造林、计划生育、社会治安等方面的情况。

李书记将工作汇报完后，吴佛佑的账也算出来了，他神情沮丧地走了进来。

喻杰问道："你的账算清了？"

吴佛佑说:"算清了。"

"怎么样?"

"按目前设计的生产能力,每天要亏损530块钱。"

喻杰接过他手上的明细表,一一看完之后说:"这账算得很细,很实在,你这每天亏损的530块中还没包含机器设备的折旧。此前,你们何解没有算这笔账呢?"

吴佛佑说:"算是大概算了一下,只是煤的运输成本没算这么细。"

喻杰说:"办企业,要算细账,不能摸脑壳。"

李书记说:"达老子,幸亏今天您来了,真是给我们扳回了一着险棋。"他转身对吴佛佑说:"赶紧发电报,要那些订机器设备的人回来。"

喻杰笑了笑,招手示意急得满头大汗的吴佛佑坐下来。

喻杰说:"我这里倒是有一个好主意。"

吴佛佑说:"有什么生意好做,您快说给我们听听。我当了这么多年厂长,什么生意都做尽了,感觉没有一桩生意好做,真的是条条蛇咬人。"

喻杰说:"你们可以办一个石膏板厂,爽口旁边的山背村不是有一个石膏矿吗,长沙人从这里将石膏拖去加工成石膏板还能赚钱,你们在这边上办加工厂,岂不是能赚更多的钱。我告诉你们,石膏板可是一种新型建材,用它做吊顶,价廉物美,防火防震还防潮。你不是说现在到处都在建新屋吗,这种装修材料,到处都能用得上,市场前景好得很。"

李书记对吴佛佑说:"你通知采购机器设备的人赶紧回来,马上着手筹办石膏板厂。"

喻杰回家了。

这一天，天亮出门，天暗归屋，不但替爽口乡挽回了一着险棋，还为他们出了一个好主意。

一个月后，"爽口乡石膏装饰材料厂"的牌子在那一排厂房前挂起来了。三个月后，第一批产品生产出来了，经湖南省建筑材料专业部门鉴定，产品合格。爽口的石膏板，很快就销到了全县各地。山坡中这排厂房，曾经转产五六次，从来没有赚到过钱，这个石膏板厂办起来之后，每一天都是一派繁忙生产的景象，一年下来，这厂子居然赚下了50多万元的纯利润。

而且，更为重要的是在生产过程中，一个偶然的巧合，他们通过调整配料，使得石膏板的防水性能更好了，产品的吸水率低于国家标准一个百分点。也就是说，爽口石膏板厂生产出来的石膏板，如遇屋顶漏雨，淋个三两天装饰板不会变形、破裂、损坏，这是其他地方生产的石膏板不可能达到的。

吴佛佑说，他们宁肯不申请专利，也不愿将这高级机密透露出去，这个秘密，只有厂里少数几个配料的工人知道。

这年年底，吴佛佑带领厂里一帮年轻人到喻杰家中报喜，一是赚了钱，二是科研上有了突破，产品高人一档。喻杰笑得合不拢嘴，他说："这叫双喜临门。"

让当时的喻杰想象不到的是，这个产业，在十多年后居然成了平江县最大的产业，平江人相继办起两千余家石膏建材企业，他们将石膏板装饰材料销往了除台湾地区以外的全国所有省、市、自治区。全国80%以上的石膏建材，都出自平江人之手。国家一些高大上的建筑，例如首都机场、奥运村、中央军委办公楼、中央党校大礼堂的吊顶，都是用的平江人生产的石膏板。

石膏板这个产业，在后来的几十年间，成为平江老区人民脱贫致富的支柱产业，几十年来，它所创造的财富无以计数。

五

1981 年元月，喻杰到北京开政协会议，这一走便走了半个多月。回到家里，还没进门孙媳菊英便告诉他："老祖母病了。"

喻杰一愣："病了几天？"

菊英说："在床上躺了三天。"

喻杰直接进了娘的房间，他在床前握住老娘的手说："娘啊，您可是从来都不生病的呀！何解这回就生病了呢？"

娘说："我没生病，我是老了。"

喻杰问菊英："你们请郎中看了没有？"

菊英说："看过了，郎中说没有什么病，只是气血虚弱。"

娘说："郎中要给我开药方，我不肯，我一世没有吃过药，我不喜欢吃药。我就像灯盏没了油一样，灯光慢慢微了。"

喻杰用手摸着母亲那略显苍白的脸说："娘老子呀！您哪里不舒服，我这里有药。"喻杰搬来了他的药箱。

娘说："我哪里都不痛，我是灯油烧尽了，该走了，我生怕等不到你回来。这些日子，你再莫走了。"

喻杰说："我不走了，我天天陪着娘老子。"

娘说："我的灯油耗尽了，是走的时候了。你陪着我，我想和你说说话。"

喻杰便要大家都出去，将门关上，坐到了娘的床头上，他让娘斜躺在自己的臂弯里："娘老子呀，有话您就慢慢说吧！"

娘说："我走了后，你要对菊香好些哪！她8岁嫁到我们喻家做童养媳，18岁和你圆房，23岁给你生下了砚斌，28岁替你守活寡，这一守就守了一辈子……你后来又在外边成了亲，菊香没有怨恨你，都只怪新根在你面前报了假信，你以为我们都死了……

"你一走，大火就从三峰尖烧过来了。菊香对我说：'娘呀！我们得赶紧走，逃命要紧。'我想想也是，我们带着砚斌，往连云山的深处逃，在深山老林里东躲西藏，凡是山里能吃的东西都吃遍了。后来，我们翻过了连云山，到浏阳那边去逃荒要饭，一直到丽江山里不再杀人，不再放火，不再发人瘟，我们才回来……

"这几十年，要是没有菊香撑着，这个家早就散了。我岁数大了，哪里还能替你养大一个崽呀！菊香虽然身微力小，可她勤快，如牛似马，从天亮做到天黑，从年头做到年尾，春夏秋冬都是一身汗。这地方上下，也有人劝她改嫁，还有人偷偷替她说媒。可是菊香说：'我生是老喻家的人，死是老喻家的鬼，我要守着这个崽。'她口里说要守着这个崽，实际上也是在等你呀！别人劝她，要她莫等了，说你只怕早就死了，只怕骨头都打得鼓响了。菊香说你没死，如果你死了，总得托个梦给她……

"她手里抱着砚斌，嘴里常常自言自语：'你爸没死，他要是死了，会托一个梦来……可是，从延安到丽江，天遥地远，一个梦也托不到呀！……这么多年了，没死只怕也另外找人了，找个人也好，有人照顾他就好，只要他没死，什么都好……'她常常这样一个人唠叨，就这样等呀，一天天等，一夜夜等，一月月等，一年年等，等到1949年，等来了你那一封信。她手上拿着你那封信呀，颤颤抖抖，脸色发白，她哭呀，哭得气都喘不过来，哭得昏天黑地，怎么也止不住。我说，菊香呀，你莫哭了，达云还活着，你要高兴才是。她却哭得越发伤心，怎么劝也劝不住……

"第三天，她就打发砚斌上路。她急呀！她通宵达旦打了一串麻耳子草鞋，做了一袋粑粑让他背上。她说，'路在嘴巴上，拿着你爹这封信，你就一定能在西安城里找到你爹'。

"砚斌从你那里回来，告诉她，你在外边又成了亲。她一声没吭，像没事一样，该煮饭的时候煮饭，该喂猪的时候喂猪，该下地的时候下地……半夜三更，她一个人躲在被窝里哭，她是怕我伤心，也怕砚斌看见，她就一个人深更半夜躲在被子里哭，她哭了三夜，就不再哭了……日子一天天过，菊香替你带大了儿子，又替你带大了孙子、孙女，接着又替你带大了曾孙……有时候我就想，菊香只怕是前世欠老喻家的债了，阎王爷要她这一世来还债。不然，何解这一世让她过得这么苦……

"还有菊香的娘家人，你要记老杨家的情，念老杨家的恩。那年头，地方上扯借无门呀！我和菊香是'匪婆子'，砚斌是'匪崽子'，谁家敢接济我们呀！一到家里断了粮，菊香就只能是回娘家去借。杨家也不宽裕呀！俗话说：'是娘的崽，痛娘的心。'杨老太太每次总要将米、红薯丝从牙缝里省出给闺女背回来度饥荒。杨老太太的上头还有婆婆呀！久而久之，她的婆婆说闲话了，骂她不该总是让闺女背粮食走。后来，杨老太太就只好半夜三更让儿子有生将粮食埋在猪草下边送到姐姐家里来……没有老杨家的接济，我们这日子熬不出来……"

喻杰说："娘呀，您莫讲了，我知道菊香受苦了，我会关照好她。我晓得老杨家对我们家有恩，我会念他们的情，记他们的恩。"

娘说："你对她们好是好，可是，也有一些地方不周全呀！你自己规定自己，一天只吃两片肉，一家老小还不都只能跟着你，每天只吃两片肉。自家人，多吃少吃不要紧，可是菊香的娘家人来了要紧，这对不起亲家呀！你晓得，给客人夹肉，一筷子下去要夹两片肉送到客人的碗里，这是礼数……

"杨家是重情重义的人家，一年三节都要来。娘家人来了，一进门先要下碗面吃，打个点，坐一阵子再吃饭，这是礼数，在我们这地方上下，家家户户都这样。可是你说'吃了面就不吃饭了，要吃饭就不吃面'。从此以后，菊香的娘家人来了，她就不敢下面，她怕你不高兴。"

喻杰说："娘呀，我是看到这样浪费粮食了。"

娘说："你蠢呀！肚子只有那么大，吃下一碗面，本来能吃三碗饭，就只能吃下一碗了，粮食还是在那里。你不让下面，三碗饭下肚，礼数丢尽了，人家菊香的娘家人，还以为你瞧他们不起。"

喻杰不吭声了。

娘接着又说："菊香的娘家人来了，总得有个果子包让他们带回去接细伢崽，米爆花是从来不敢炒，每次炒点豆子、苞谷、红薯片，还像做贼一样，半夜三更等你睡熟之后才炒。有一回炒苞谷，把你吵醒了，你披着衣，走到厨房里，拉着个脸皮说：'谁叫你们炒果子？'菊香不敢吭声，我忙从灶弯里出来，对你说：菊香的弟弟有生明天要回去了，进门要有点果子接细伢崽，没有炒米，只炒了一点苞谷，苞谷是杂粮，是菊香在山边地头的空地上开荒种的，你就莫说闲话了，是娘要她炒的。

"你看在娘的面子上，这才没有骂人。娘要是不在了，就没有人敢说你了，他们都怕你呀！娘的心里明白，你不是小气，也不是刻薄，你是在长征时吃草根、吃树皮，饿怕了，怕到骨头缝里去了，所以你就常有日思无日，细水长流过习惯了。这习惯要你改，只怕也改不过来了，你也是七十有九的人了。要我说，娘不在了，你就另起炉灶，自己一个人弄着吃，他们要炒果子也好，他们要吃肉也好，你随他们去，俗话说，'儿孙自有儿孙福，莫把儿孙当马牛'……娘的话，你听进去了吗？"

喻杰说："娘呀！我听进去了。"

娘便不再说什么，她将眼睛闭上了。后来，娘的呼吸便慢慢变得微弱起来。

喻杰说："我的个娘老子，您可不能就这样走哇。"

娘将眼睛睁开，将手慢慢抬起来，在喻杰的脸上摸了摸。喻杰将娘的手紧紧握住，然后对外边喊："你们都快进来，老太太要走了。"

一家子人都慌慌张张地从床上爬起来，穿好衣服，围到了老太太的床前，轻声地呼喊着她。老太太的眼睛又睁开了，她望着床前的子子孙孙，脸上流露出了安详的笑容，后来，她的眼睛慢慢地闭上了。

床前发出了一片抑制不住的悲哭。

喻杰长叹了一声，对大家说："老太太 105 岁走，走的是一条顺路，她无病无痛走了，是她自己修的福。你们都莫哭了，这半夜三更一哭，把左邻右舍都吵醒了。你们都回房去睡，今夜我最后陪我的娘老子说说话。"

大家便一一退了出去。

接着，喻杰又交代元龙和金龙两个孙子，让他们连夜到老太太的娘家和老太太唯一的女儿九凤家去报信，要他们第二天早上赶过来和老太太见个面。

他们都走后，喻杰将在床上的老太太放平，让她躺好，自己端坐在她的床前，静静地望着她。

娘像睡熟了一样。

在小时候的记忆里，娘是那么高大，她常常带着喻杰去耕作苦竹坡那一坡土。她的背上背着弟弟，怀里抱着妹妹，喻杰帮她扛着锄头，跟在她屁股后头走。到了地头上，在山坡边的一棵桐树下，娘将围裙铺在地上的树荫里，让弟弟妹妹躺在这布上睡觉。她叮嘱喻杰，你守在这边上，不许乱跑，看见有蚂蚁爬到弟弟妹妹身上，就抓掉，莫让蚂蚁咬了他们。

娘在那边的地里弯身劳作，偶尔直起腰，望一望这边，朝他们笑笑，娘的脸被汗水浸得殷红，脸上沾满了金色的花粉。这时，喻杰发现，娘是那么美丽。

娘追着季节，在这片坡地里布种小麦、豌豆、红薯、黄豆、棉花、向日葵……从年头到年尾，娘永远都有干不完的活。父亲从来不到这片坡地里干活，他在镇上帮店家跑腿送货，他将山里的茶叶、苎麻、桐油、茶油挑到九江、武汉，又从九江、武汉将洋布、洋纱、洋油挑回加义，十天半月跑一个来回。家里的田土，全部指望娘一个人耕作。

后来，菊香来了，她比喻杰大一岁。娘总算有了一个帮手，娘耐心地教菊香补衣服、喂猪、煮茶饭、纺纱织布……

后来，喻杰长久地走了。

1949年冬，砚斌从丽江村来到西安城，他的身上带来娘晒干的一把红枣。

砚斌说："屋门前那一树枣子，一到成熟时，奶奶就拿一把椅子，坐在枣树下守着，路人莫想打，细伢子莫想偷，谁要是打落了树上的枣子，就是打痛了奶奶的心。奶奶说，这枣是要等您回去吃的。一年又一年，每年这树枣子，一直要等到熟透了，一个个掉下来，奶奶便一个个捡起然后晒干，等您回来吃。一直等到第二年枣子又熟了，奶奶才舍得将头年的枣干拿出来分给大家吃。

"村里人说：就干娘（奶奶叫熊就玉），您莫再等了，您的达云只怕回不来了。丽江村跑出去87个人，没有一个回来的。

"奶奶说：我要等，我的达云还在世上。他要是死了，他会托一个梦给我。

"一年又一年，奶奶就这样守着那一树枣子。

"20个年头了，奶奶的枣干，总算等到您了。"

喻杰从布包里拿起一颗枣干吃进嘴里，顿时鼻子一酸，涕泪俱下。

喻杰守坐在娘的床前，一直到天亮。

天亮后，喻杰带着曾孙群益，到井里去打水给娘清洗换装。按照村里的习俗，人死后的最后一个澡，一岁要打一碗水，老太太活到105

岁，应该打105碗水。喻杰一碗一碗将井水打进木桶里，算着那一碗碗水，似乎在算着流转的岁月。

水挑回家后，伴枫球、艾叶放进锅里煮。

水煮好后，菊英和弟媳准备去给老太太清洗换装时，菊香却将两个孙媳妇喊住了。她说："你们放在那里，老太太这最后一个澡，我来给她洗。"

菊英说："您年纪大了，莫动手了。"

菊香说："我要尽一份心。我八岁跟着老太太过，到今年，70多年了，我的婆婆从没让我端汤端水，接屎接尿服侍过。人家说，公婆面前难周全，我的婆婆，莫说是打我骂我，就连重话都没讲过我一句。70多年，她将我带得比亲生闺女还亲，疼我疼到心尖上，有好吃的自己舍不得吃，要留着给我吃。织了布，自己舍不得做衣，要先给我做，有累活脏活，生怕我做，她要瞒着我先做……"菊香说着，眼泪止不住哗哗地流。

菊英说："奶奶，您搬不动老奶奶了。还是我和传红来洗。"

菊香说："不，还是我来洗。老太太一辈子爱干净，我怕你们洗不干净。"

菊英说："那就我和传红在一边帮忙，您来洗，好啵？"

菊香点了点头，同意了。

她们三个人关上门，给老太太洗这最后一个澡，从头发到脚尖，菊香洗得那么精细。

给老太太洗完澡，戴上寿帽，穿上寿衣、寿鞋，入殓进棺，然后在她的身上盖上了寿被。

这时，喻家族里的父兄都闻信赶来了。

喻杰的堂兄喻义仁说："达云，你要定个盘子，老太太这丧事到底办几天几夜？"

喻杰不说话。

喻义仁说："你不说，我这里给你拿个盘子，供你参考。俗话说，'世上难逢百岁人'，我家婶婶活到105岁，是喻家族里的头棵大树。前不久，我们丽江村喻石贵的父亲过世，办了四天四夜，我看，我家婶婶这丧事，少说也得办个五天五夜。请四个道士，做五天五夜道场，请四把唢呐，吹它五天五夜，白天屋门口请大戏班子唱大戏，夜里到了九点多钟，道场收场后，要请丝弦班子弹丝弦，丝弦弹到半夜过后，再请几个夜歌师唱夜歌，一直唱到大天亮，这样，灵堂就热闹了……"

喻杰听得不耐烦了，他说："义仁老兄，你莫再给我盘算了，我娘这丧事，不开餐，不过夜，等一会儿就抬上山。"

喻义仁目瞪口呆："达云，你这不是在说梦话吧！这是死了人，一个105岁的老人，不是死一条狗。"

喻杰说："义仁老兄，我这不是说梦话，只等我娘的娘家人来了，我妹妹九凤来了，和我娘最后见上一面，就封棺上山。"

喻义仁说："这地方上下，就是死一个孤寡老人，也要做个'朝开夜散'的道场给他呀！这道场，不管亡灵收不收得到，前传后教，世世代代都是这么搞。你一夜道场都不做给你娘，她在阴曹地府不骂你吗？"

喻杰说："我这一辈子所做的事，我娘都支持我，这一回，我娘也会支持我。"

喻义仁说："达云，你何解要对你娘如此不孝？"

喻杰说："我对我娘已经尽孝了，我是厚养薄葬。如果按你盘算的那样，上千号人在这里办五天五夜的丧事，这要耽误多少劳动生产呀！还有，这一惊动开了，镇上要来人，县里要来人，行署要来人，省里要来人，说不定中央财政部还要派人来，耽误了大家的工作不说，更重要的是败坏了社会风气……"

喻义仁说："人情是把锯，你来我又去，这是常情，大家都这样过。你就这样把105岁的婶婶埋到山上去，你做孝子的不怕丢人，我喻家族里人还有何脸面在地方上行走。"

喻杰说："我的娘，我做主，不关族人的事。"

喻义仁气得跳了起来，他挥着手上的拐杖朝大家喊道："我们都走，让这个不孝子孙自己背着他娘埋到山上去。"

喻义仁说着，便气冲冲地走了，族里一些上了年纪的老人也都骂骂咧咧地跟着他一路走了。

望着堂兄义仁的背影消失在路尽头，喻杰半天才说了一句："好，我来背我娘上山。"

族里一些年轻人都围到喻杰身边来了，他们说："叔公呀！不用您背，我们来抬老叔婆上山。"

喻杰点了点头。

这时，老太太的娘家人到了，九凤一家也赶到了。他们打开棺盖，望着老太太，禁不住一阵号啕大哭。

人们将他们劝开，便将棺木封上了。

上午十点整，随着八大金刚一声长呼，老太太的棺木一跃出了土屋，大家簇拥着抬上了后山。

将老太太送上山后，喻杰开了一个家庭会议。

喻杰说："老太太走了，我这个做儿子的做完了。从明天起，我另起炉灶，自己一个人搞饭吃。"

菊香说："你孙崽层层，临老还自己另立炉灶，你这不是让地方人看笑话？"

喻杰说："他们做功夫，早的早，晚的晚，吃饭不按时，我的肠胃不好，只能吃软饭，我还是另立炉灶的好，日后我硬是搞不动了，再来跟他们吃。"

喻杰这么一说，大家也就不劝阻他了。

于是，喻杰另立炉灶，自己喂了猪、养了牛，还开荒种了一大片菜地。

六

向勤是喻杰唯一的女儿。喻杰一辈子崇尚勤俭，他希望女儿能够勤俭持家，因此就给她起名向勤。

1942 年，喻杰在延安与陈希结婚，陈希一直没有生育，他们便在孤儿院领养了这个女儿。

1959 年，向勤随父母从北京下放到山东济南，后来她便一辈子留在了济南。

1961 年 11 月，喻杰匆忙离开济南，回北京就任商业部副部长，女儿向勤这时已经被招工到山东省纺织局下属的合线厂当了纺织工人。喻杰对女儿说："你已经参加工作了，就没有必要再回北京，你好好在这里工作。"

向勤便安下心来在济南当工人，然后她找了男朋友，是一家街边理发店的理发师，后来他们结了婚，再后来他们生下了两个儿子一个女儿。他们在纺织厂旁边一个大杂院里，安顿着一个小家，过着一份属于自己的安静的日子。

突然有一天，这份安静被打破了。

喻杰当年身边有一个警卫员大李，他后来担任了某省公安厅的副厅长，有一次大李到山东济南出差，突然想起喻杰有一个女儿在济南，他便想去看看，但又不知道向勤在哪个单位工作，住在什么地方。

于是，他要山东省公安厅查找喻向勤这个名字，名字找出来了，济南市却有很多个叫喻向勤的。再进一步查，1959 年从北京转过来的户口，便只有一个叫喻向勤的了，她是济南市纺织局合线厂的工人。

于是，大李在山东省公安厅领导同志的陪同下，在合线厂的大杂院里找到了喻向勤。顿时，整个大杂院炸开了锅，大家都想不到，这个在合线厂上三班倒，还要带三个孩子的喻向勤竟然是一个高干子女。

大李和向勤见面，百感交集。当年，一个是 16 岁的花季少女，一个是 19 岁的英俊少年。现在，大李已经秃了顶，向勤的眼角也已爬上了鱼尾纹。

大李告诉向勤：当年首长的勤务兵小张，现在在商业部担任司长，首长当年的秘书现在在南方某省担任副省长……

这次见面，大李和向勤约好，他们要就个时间一起到丽江村去看望老首长。

1982年秋天，大李终于约好了喻杰当年身边的工作人员以及老部下一行六人，他们和向勤一同到平江来看望老首长。

车逆丽江而上，这是一个迷人的秋天，丽江水绿得发蓝，江上没有船帆，也没有渔人，宁静得一如远古的梦。江两边的山上，枫叶静静地红着，石岩树叶静静地黄着，松树、杉树、香樟树静静地绿着。间或一行大雁从丽江的上空飞过，便有铜铃一般清亮的叫声抖落到丽江宁静的碧水里。

他们静静地望着车窗外的景色，都不吭声，似是生怕惊扰了这山、这水。

他们的车停在丽江村村部的土坪上，接下来，得步行进横圳。沿着山间的羊肠小道，他们走了一个多小时才走到喻杰的土屋前，他们一个个走得气喘吁吁，满头大汗。

此时，喻杰正坐在屋门前的坪子上晒太阳，在他模糊的视线里，向勤、大李、小张、小王、小刘、小孙、小赵踏着山边的斜阳朝他走过来，他甚至怀疑时光是否已经倒流。

"爸爸——"

"首长——"

听着他们从对面的小路上发出的一声声呼喊，喻杰这才感觉到了时间的真实。

喻杰拉着他们的手进了土屋。

他们一个个仔细地打量着这屋子里的东西，一张简易的木床，一张缺角裂缝的书桌，一个用木板临时搭在木头上的书架，一台掉了油漆的缝纫机，一口旧得不能再旧的皮箱。这皮箱他们都很熟悉，这是喻杰在延安结婚时，贺龙元帅送给他的礼物，还是从日本人那里缴获的战利品。这箱子跟着喻杰转战南北，他们都提过的。

勤务兵小张将那张简易床上的床单翻开，下面的垫絮已经发黑了，他捏了捏，这棉絮已经硬邦邦。他认得出来，这床棉絮还是在延安时用过的。

小张说："首长，您怎么还在用这床棉絮呀！都30多年了。"

喻杰说："那时是做盖絮，现在是做垫絮，蛮好。"

"都已经硬邦邦了……"

小张说着，便忍不住抱头痛哭起来。

张学敏这一哭，一同来的人全都哭了起来。

喻杰不喜欢看见军人的眼泪。他说："都到外边坪子上去集合，我带你们去看看电站和林场……"

他率先走出了门，喊出了威严的口令："立正，向右看齐，向右转，齐步走……"

一行老军人，踏着蹒跚的军人步子，朝着那已蓄起一江碧水的河湾走去……

看过了电站和林场，喻杰又带着他们来到他的菜地里。这片地是喻杰在山边开垦的荒地，他在这片地里栽种了红薯、高粱、苞谷、苎麻、土豆、花生、南瓜、茄子、辣椒、苦瓜、莴笋……

喻杰带着大家在菜地里挖红薯、土豆、花生，采摘各样瓜菜，他说："今天晚上我们自己动手搞饭吃。"

大李说："首长您这地里什么庄稼都种上了，成了丽江村的南泥湾呀！"

喻杰满足地笑着说："我现在是自给自足，只差一包盐要到外头去买。"

小王说："首长，您当年在西安给我们讲课时，只给我们讲了如何做生意，却没教我们如何种庄稼。"

夕阳西下时，他们从菜地里满载而归。

做晚饭的炊烟从瓦屋顶上升起来了，大家一齐动手，烧火的烧火，切菜的切菜，杀鸡的杀鸡，煮饭的煮饭，共同打造这久别重逢后的晚餐。

喻杰的饭桌上，从来没有过像今晚这么丰盛的菜。一钵鸡，鸡是喻杰自己养的，他舍不得杀母鸡，他说鸡婆子要留着生蛋，因此杀了一只四斤半的叫鸡公。一钵腊肉，这腊肉还是去年冬天熏的。当时喻杰杀了一头猪，熏了几十斤腊肉，这腊肉长年吊在火塘上熏着，可以从年头吃到年尾，熏得越久吃起来越香。再接下来便是一碗南瓜、一碗百合、一碗土豆、一碗扁豆、一碗菜瓜、一碗梢瓜、一碗刀豆、一碗莴笋片……

菜摆上桌后，喻杰将他那只蓝花酒坛子搬了出来，他给每个人倒了一杯酒。他说，今年在地里种了一片苞谷，收成蛮好，因此便蒸了一甑苞谷酒。

大家一杯下肚，都说好酒。

喻杰满足地笑着："你们看看，我这生活是不是只要到外边去买一包盐。"

大李说："首长，您这自给自足的生活，真的像又回到了南泥湾。"

那天夜里，喻杰让孩子们到邻居家去借宿，空出三个铺，让他们两人睡一床，都挤在他这土屋里睡。

第二天吃过早饭，他们各自提上喻杰送的两斤花生，一一和喻杰握手告别。喻杰将他们送到了对门的路口上，然后站在那里，用手搭着凉棚目送他们远行，一直到他们模糊的背影消失在他的视线里，这才转身回家。

喻杰没有想到，这便是和他们的永别。

女儿向勤没有走，她要陪着父亲再住一阵子。

清早，她伴着父亲一路去放牛，去扯猪草。牛吃饱，猪草也扯好了。父亲牵着牛，她背着猪草回家。回家后将火生起，一边煮早饭，一边洗猪草、铡猪草、煮猪潲。吃过饭，喂过猪之后，又和父亲一道扛着锄头挑着粪到地里去种菜、锄草、浇粪……人和猪的一日三餐，再加两昼地里的工夫，日子就这样一天又一天重复。夜里，父亲在油灯下写信、写报告，女儿便就着这微弱的灯光将父亲所有的衣服翻出来缝缝补补。

两个月后，女儿要回去了。父亲一样是给她称了两斤花生带回去给孩子们吃。

临走时，女儿吞吞吐吐地说，这一回，她要将存在父亲这里的钱取回去。

从1962年到1968年5月，向勤居然在父母这里存下了1500元钱。1968年"五一"劳动节，向勤从济南回到了北京，那时，父亲和母亲都在挨批斗，家里的日子一点都不好过。

那天夜里，母亲陈希将她叫进里屋，将门关上，郑重其事地告诉她："你这些年寄回的钱，一共是 1500 元，我再给你 1500 元，加起来一共有 3000 元钱是你的。这钱放在你爸爸那里保存着，到时候你要钱用，就找你爸爸要。"

向勤说："这钱不是一直都是妈妈您管着吗？怎么又要交给爸爸去管呢？"

母亲说："妈妈不想操这个心了，交给你爸爸去管好，他管了一辈子的钱粮，心细。"

向勤只是感到好笑，这么一点点钱还用得着爸爸亲自管，真是杀鸡还用牛刀。她万万没有想到，一个月之后，1968 年 6 月 1 日凌晨，时任商业部机要科科长的母亲因无法忍受批斗而服毒自尽。

1978 年 8 月 1 日，商业部政治部给陈希平反，恢复名誉，通知喻杰、喻向勤、喻立光到北京参加追悼大会。

喻杰说："北京的追悼会，我们就不去参加了，这跑来跑去，还要花国家的路费。你妈妈在政治上平反了就可以了。"

后来，他们就都没有去北京参加追悼会。

母亲去世后，父亲的心情不好，身体也不好，向勤生怕提起钱的事会勾起父亲想那些伤心的往事，一直没有找父亲取钱。

这一回向勤要用钱了，大儿子已经找了女朋友，而他们一家五口，都还挤在纺织厂旁大杂院一间不足 20 平方米的房子里。她要从父亲这里将钱取回去，赶紧给儿子张罗房子。

然而，喻杰却对女儿说："你妈妈是放了 3000 元钱在我这里，这钱是你的。其中 1500 元是你自己存的工资，1500 元是你妈妈从牙缝里省给你的，她心疼你，老是因为把你一个人丢在山东感到内疚，觉得对不起你，就给你存了那一笔钱。可是，这3000元钱我在修电站时早就花光了，现在我是身无分文了。"

向勤一听，便撒赖放泼地说："这不行，我的钱我要，我现在孩子大了，家里莫说是房子，就连黑白电视机都没有一台……"

喻杰吁了一口长气："向勤呀！我现在是回来还债，我们欠老区人民的债太多太多，平江为中国革命牺牲了25万多人，我们丽江村死了200多人，其中有86个是烈士，跟我一路出去的几十个人，就我一个人回来了。原来，从加义沿丽江河往上走，是清一色的油茶林，1929年秋，一把大火全烧光了，后来几十年的雨水就浇灌起了这满山满岭的荆棘丛林……你说你家里连黑白电视机都没有，可是，这山里的人，普遍比你穷呀！有50多岁的单身汉和80岁的老母亲几十年共用一副铺盖的，有一家八口只有两副铺盖的，还有的人只有一条裤子，洗了，就只好躲在被窝里。甚至还有的人，如今还在树上结一个窝，像鸟兽一样过日子……这些债，像连云山一样重，有时压得我连气都喘不过来呀！我常常从睡梦中惊醒过来……欠债不还的人，死了之后，要被别人骂作——骗贼。平江有句俗话，叫'父债子还'，就是说，父亲欠下的债在生时没有还得了，死了后子女要接着还，现在我在世时，吃力去还这些债，我死了后，你还得接着替我还呀！不然，你爸就会被人骂作骗贼了，难道你现在帮衬着替我还一点不应该吗？"

女儿的眼泪哗哗地流着，不知是为自己感到委屈，还是为父亲的债感到伤心。

喻杰搓着手，有些不知所措。接着他又说："过两年三年，我死了，你就莫回来了，这样也可节省一笔路费。"

他这一说，女儿却哭得更加伤心。她一边哭，一边说："我不，我不……如果您不让我回，我就要钱。如果您让我回，我的钱就不要了……"

喻杰便答应："日后生了病，感觉不行了，一定提前通知你回来。"

这样，女儿才不哭了。

女儿背着包走时，喻杰拄着拐杖将她送到对门的小路上。

向勤说："爸，您莫送了。"在向勤的记忆里，她每次离去，父亲从来只是送到屋门口，而这一回，却送了一程又一程。

喻杰说："我再送送。"

他又将女儿送出了长长的山冲。

向勤又说："爸，您莫送了，您都送出两三里地了。"

喻杰说："好，我不送了。"喻杰的脚步停在了山坳上。

"爸，您要多保重。"向勤没再回头，她已泪流满面。她怕让父亲看见了。此时，向勤的心里似有一种不祥之感，她害怕，此一去再也见不到父亲。

喻杰站在山坳上一动不动，直望到女儿消失在模糊的视线里……

他那模糊的视线里，突然有一匹汗流如雨的快马踏着山边斜阳奔驰而来，它捎来了中华人民共和国主席的一封信。

……记得你……就离开了中央财政部的领导岗位，到湖南平江安家，但你一直保持着革命精神和共产党人的高尚品德，为我们离休和将要离休的老同志作出了表率。你还为家乡人民做了许多有益的事情，受到当地人民的称赞和爱戴，这首先是我们党的光荣，也是你的光荣。

新年将到，特函问候，谨望节劳，更祝长寿，并问全家好。

　　顺致

敬礼！

　　　　　　　　　　　　　　　　李先念

　　　　　　　　　　　　一九八五年十二月十一日

横圳山冲里的人都说，要在过去，这叫"圣旨"到！圣旨一到山河动……

1989 年 2 月 4 日清晨 6 时 10 分，喻杰因病离开了人世，女儿向勤回来给他送了终。

喻杰最后留下的财产是 800 元钱。

名门之后

毛简青烈士是杰出的共产主义战士，伟大的马克思主义者，我党早期革命家、宣传教育家。

1891年11月11日，他出生于平江县浊水乡金窝村（现平江县天岳街道简青社区）的一个富绅之家。1913年赴日本留学，1921年夏毕业于日本东京帝国大学，获经济学硕士学位。在日期间，他与同盟会成员、维新派人士往来密切，对《资本论》《共产主义宣言》等马恩著作有深刻的研究，并精通日、英、俄等多国语言。回国后，在长沙任教。1922年，毛简青经李六如介绍，在和毛泽东谈话后，被批准加入中国共产党。尔后，在长沙、广州、梧州、南宁、平江等地，以学者的身份做掩护，开展党的工作。1922年任湖南省财政厅经济股长、湖南省审计院审计员，并在法政学校讲授经济学。1924年6月任黄埔军校政治教官，与周恩来等同志共同开创了军校良好的政治氛围。1925年到广西参与建立中共广西党组织的工作。在梧州，他发表了著名的《要实行民生主义何以要阶级争斗》的文章，指出阶级争斗是中国革命取得胜利的唯一出路，他发动工人运动，组织领导了梧州万人罢工周运动，有力支援了省港大罢工。1926年兼任黄埔军校第一（南宁）分校政治教官，创建中共南宁支部。1927年马日事变，在革命的危急关头，任中共湖南省委候补委员兼平江县委书记，组建领导"平江工农义勇军"，参加毛泽东领导的秋收起义。1928年，指挥游击总队和数万农民群众攻打平江县城，即"三月扑城"斗争，有效地钳制了"围剿"湘赣边区和井冈山地区的敌人，有力地支援了井冈山革命根据地的斗争，为平江起义和红五军的建立奠定了坚实的思想基础和群众基础。同年6月，以湖南代表团书记的身份出席在莫斯科召开的中共六大，当选六大主席团委员和政治、组织、农民土地问题等七个委员会委员，参与大会领导。随后，又参加了共产国际第六次代表大会。1928 年冬，毛简青回到上海，在上海党中央机关从事日、英、俄等国文字翻译工作。1931 年，任《红旗日报》社长兼主编。1932 年秋病逝于湖北洪湖，时年 41 岁。毛简青烈士故居现为全国重点文物保护单位、爱国主义教育基地。

一

1984 年，毛简青烈士之孙毛卫平被招进湖南洞庭苎麻纺织印染厂工作，时年 20 岁。

作为烈士之后，毛卫平并没有得到多少祖荫，父亲毛荫生在"文革"时期被打成"右派"，从此，举家过着难以为继的生活。

毛卫平在"洞纺"的工作非常辛苦，每天三班倒，和他一同进厂的工人，大部分没过多久便离开了。

毛卫平没有走，他在这里坚守，因为临行前父亲再三叮嘱他，到了厂里，要好好工作，不能给爷爷脸上抹黑。

他踏实勤奋地工作着，抱着做一行就要做好一行的心态，谦虚、认真地向师傅们学习请教，不怕苦不怕累，很快受到领导赏识，被派去长沙培训，准备回厂后接任班长。但天有不测风云，1984 年 6 月 28 日凌晨两点多，工厂机器发生故障，毛卫平的右手突然被转进设备中……在工友的帮助下，他强忍剧痛到当地医院就医，后来又转到 200 公里外的湖南省人民医院。做完手术醒来后，毛卫平才知道自己的右手手掌及四根手指已经被切除。

毛卫平躺在病床上一句话不说，一天、两天、三天……他怀着万丈豪情，走出平江的大山，他想像爷爷那样干出一番惊天动地的大事，然而，人生才刚刚起步，自己却已经成了一个残疾人。

父亲从平江赶了过来，坐在他的床前，温和地问道："还痛吗？"

毛卫平摇了摇头，不说话。

父亲也不再说什么，就那样默默地坐在他的床前。

望着迷茫的毛卫平，父亲语重心长地说："孩子，想想你爷爷当年受的那些磨难，想想贺炳炎、余秋里等独臂将军，你这就算不得什么。成了残疾人，也一样能为国家做贡献……"

后来毛卫平的女朋友也闻讯从平江赶过来了。他们是同乡，两家是世交。她一进门便紧紧地抓住他的手，坚定地说："卫平，你少了一只手不要紧，我这里还有一双手，我跟着你，永远都跟着你……"

一个月后，毛卫平出院了。他重新走上了工作岗位，被安排做后勤工作，并担任团支部书记。工作中，毛卫平认真负责，除了做好本职工作外，他还尝试对后勤部门进行整改，写了17页的整改方案上报厂部和党委。

后来，厂子越来越不景气，很多人下了岗。待在厂里一杯清茶、一张报纸过日子的毛卫平有些坐不住了，他不愿意就此平平淡淡地过一生。1992年春天，邓小平的南方谈话发表之后，毛卫平毅然向厂里递交了停薪留职报告，离开岳阳，只身来到深圳。

深圳这片热土正在大建设时期，但要找寻到合适的机遇，却不容易。毛卫平在深圳的大街小巷转悠了几天，找了很多朋友、同学和老乡，试图寻找发展机会。

有一天，毛卫平约了一个老乡见面，去的时候看见三辆大挂车停在路边，货主和司机凑在一块，在树荫里聊天。毛卫平听他们讲的是平江话，便凑了上去。原来，他们是从平江过来送石膏板的，货送到深圳，人家又不要了。因此，待在这里上不得上，下不得下，一辆大挂车的台班费每天都要大几百块……

毛卫平和他们聊了一阵天，深表同情，就热情地说："你们可否给我两块样品，我帮你们看看有没有办法销出去。"

和约好的老乡见面后，毛卫平开始寻找建材市场和建材店。走过几条街，毛卫平看到那里有一家销售建材的店子，门口摆着石膏板样品。

毛卫平走进去，和老板聊起石膏板。这老板姓翁，和毛卫平聊得兴起，还泡了工夫茶请他喝。

毛卫平问翁老板："你这里的石膏板销得怎么样？"

翁老板说："销得不错，有时需求量还挺大的。"

毛卫平说："我有一点石膏板放在你这里寄销行吗？"

翁老板说："那当然可以呀，只是要销完了才能结账。"

于是，毛卫平又向翁老板讲了详情，希望翁老板能先预支运费和一部分其他费用，余款等销完结算。翁老板看着毛卫平说："你这个人不错，帮人家的忙，还为人家考虑得这么周全。"

两人谈好后，毛卫平便赶紧跑到路边，和老乡们讲了此事。几位老乡货主高兴不已，说毛卫平是他们的救星。卸完货，翁老板付完运费后，货主们跟毛卫平商量，他们要先回平江，想拜托毛卫平帮忙结余款。见货主们如此信任他，毛卫平便答应了。

几天后，毛卫平跑去问翁老板销得怎么样，翁老板说，没销多少，只能慢慢来。

毛卫平从店里出来，在大街上刚好碰上了店里管仓库的阿叔（那天卸货，毛卫平见他累得汗如雨下，就给他买了一瓶饮料喝，因此这个阿叔对毛卫平很有好感），老远便跑过去和他打招呼。

毛卫平问道："我们寄放在你那里的石膏板销了多少？"

阿叔说："已经销完了。"

毛卫平和阿叔聊了一会儿就回家了，他没有回头去找翁老板，他不想戳穿这个秘密。

过了几天，毛卫平再次来到店里。老板依然是热情相迎，还泡了工夫茶端过来。毛卫平这一回不绕弯子了，他开门见山地说："翁老板，我刚才去了一趟仓库，我们那些石膏板都销完了，真是多亏你帮忙呀！"

翁老板忙说："昨天才销完，只是钱还有一半没有收回来。"

毛卫平笑着说："这不要紧，都是哪些工地欠着，我上门去收就是了。"

翁老板忙说："他们都讲好了的，只欠几天，过几天他们送来了，我再告诉你来拿。"

一个星期后，翁老板将货款交给了毛卫平。为了这几车石膏板，毛卫平替几个老乡操了一场空心，自己耽误几天工，没有从中赚一分钱。但是，通过这宗买卖，毛卫平知道了石膏板在深圳的销路很好。而且他还感觉到，在平江办石膏板厂，再将货运过来卖，路途太远，耽误时间，这个事情搞不得，还是在深圳办厂靠得住。

二

这一桩闲事管下来，毛卫平拿定了主意，他要在深圳办一个石膏板厂。

他四处找场地，半个多月之后，终于在深圳与东莞交界处42军一片废弃了的营地落下脚来。

有了一个落脚的地方，毛卫平便回老家借了9000元钱，又从石膏板厂里以高薪挖走了几个熟练工人，带着他们来到这片营地，将军队的老营房和操场改建成简易的厂房，准备好生产所需的模板、模具等生产设施，又用剩余的钱购买了原材料，开始制作石膏板。他连晒板的棚架都买不起，只好用木条制成简易的木架来晾晒石膏板。

第一批产品出来了，很成功。于是，毛卫平开始去跑销路。他坐着公共汽车，天亮出门，断黑归屋，一天又一天跑着。这样跑了几天下来，毛卫平感觉坐公交很不方便，便一咬牙花30元钱买了一辆破自行车骑着跑。也许是这辆自行车给他带来了好运，第二天他便在一座水库边的建筑工地上打听到这里需要石膏板。那位经理要毛卫平第二天就送样品来看，并留了BB机号码给他。

第二天，毛卫平四点多就起了床，他骑着那辆破自行车，载着石膏板的样品，跑了100多里地，七点钟就到了工地上。他敲了好久的门，那位经理才睡眼惺忪地起来将门打开。他上下打量了毛卫平，说："你怎么这么早就跑来了？"

毛卫平憨憨地笑着说："你不是说要我早晨来吗？我四点多起床，骑自行车跑了100多里地呀！"

经理有点吃惊地说:"起这么早,讲诚信,你这个人以后一定会发达。"

毛卫平笑着,不好意思地低下了头。经理看过样品,又敲了敲,说:"不错,你出个价吧。"

毛卫平说:"你是行家,对市场上的行情了如指掌,你说多少就多少吧。"

经理笑了笑说:"你是个忠厚人,我不能让厚道人吃亏,给你两元三毛钱一块,你没吃亏吧?"

毛卫平忙点头说:"没吃亏,多谢你关照!"

第一笔生意就这样做成了,毛卫平算了算,赚到了40%的利润。于是,他拿着这笔钱,赶紧又去买了第二批原材料。

他带领着十几个人在深圳郊外这片荒芜的营地上扎下根来。他一个人既要管生产,又要管销售,还要管工人们的生活。他每天天没亮便骑着那辆破自行车出门,背着石膏板的样品,一条大街又一条大街地去跑,看见哪里在搞建设,便往哪里钻。

这一天,当他来到新世界的一个建筑工地,拿出自己的样品介绍时,项目经理对他说:"我们这里要石膏板吊顶,但不要你这样的,我们要不带花纹的,光滑度更高,色泽更白一点的……"

毛卫平说:"你要的这种产品,市场上没有。"

经理说:"你们那里可以定做吗?"

毛卫平说:"可以试试,只是造价可能比较高。"

经理说:"你先试试,做好样品再拿来给我看。"

毛卫平说:"那我回去试试。"

毛卫平回到厂里和工人们商量，发现花纹变光面好解决，将做模板的花玻璃换成光玻璃就行，但要让产品防水、不变形就不那么容易了。毛卫平找到多位业内专家，邀请华南理工大学的林教授一起研究讨论，终于解决了这个问题，做出了合格的样品。

一周后，毛卫平背着他的新产品到新世界工地上去了。当毛卫平将新板送到那位项目经理面前时，他眼睛一亮，说："我要的就是这样的板，你要多少钱一块？"

毛卫平说："这个价钱就比较贵了，主要是太费工。"

经理说："一块板给你6元钱，行吗？"

毛卫平虽然没有仔细核算，但也认为这个经理公道，人家一开口就是6元。忙点头说："可以可以，听经理您的，6元就6元吧。"

他们马上签订了协议。

这一单生意下来，毛卫平赚了好几万元，他用这笔钱去买了一辆货车。

有了这辆货车，这片荒凉的营地不再寂寞，车子频频出入，将一车车原材料拖进来，又将一车车石膏板成品拖出去。

最初，毛卫平将他的产品命名为"湖南平江石膏板"，但后来发现这个名字不行，平江有很多家石膏板厂，质量千差万别，很多时候会影响他的销售。

于是，毛卫平为自己的产品另取了一个名字——金鹰，意为金色的雄鹰，翱翔于蓝天之上。1995年，毛卫平成立了深圳市云中龙实业发展有限公司，注册商标为"云中龙"，他想做行业的老大，他梦想成为云中之龙。

公司成立后，毛卫平聘请了一批高新技术人员，在材料结构、力学结构、外形美观等方面进行全方位升级。有一次工厂里因原料进厂检验没做好，导致 18 万元的石膏板发生了变形。当时行业内普遍的处理方法是将石膏板修复后销售，但这样的产品，过一段时间就会重新变形下坠。毛卫平没有这样做，而是召开员工大会，让员工自己分析、检讨自己的工作，请员工站在客户的角度参与辩论。18 万元在当时可不是个小数目，关系到工厂的生存，但最后大家都同意了毛卫平将这些产品当废品处理的办法，也深刻认识到毛卫平对产品质量和诚信的看重。自此，云中龙的工厂厂房上高高竖起了"诚信为本"四个大字，工人进厂的第一件事就是学做诚实守信人。

功夫不负有心人，云中龙石膏板在全国各地得到广泛应用，销量越来越好。公司厂房也在不停地扩建，时至今日已逐步建成了现代化的产业园。公司参与了首都国际机场、海关总署、民航局、北京协和医院、深圳市民中心、中国国际高新技术成果交易会展馆等数百个重点工程的天花板吊顶项目，为国家建设添砖加瓦，得到了社会认可。

2003 年，毛卫平被评选为深圳市十大杰出青年之一。

2005 年，毛卫平当选深圳市政协委员。也就在这一年，他以政协委员的身份奔走呼吁，最终成立了深圳市残疾人企业家协会，他担任创会会长。他以极大的热情，帮助、组织残疾人走创业之路。在毛卫平的帮助之下，很多残疾人不但迅速丢掉了政府的"救济碗"，而且还成为创造财富的百万富翁、千万富翁，甚至亿万富翁，他们又不断地尽自己所能，关心帮助其他人摆脱贫困、自主创业……

三

2006 年，有了一定经济实力的毛卫平决定开始走创新之路。

在参加深圳市政协会议期间，他认识了一位从美国麻省理工学院毕业回国的博士，他在深圳有一间研究室，正在研究一个课题——生物降解高分子材料。

他告诉毛卫平，那些白色垃圾埋在土壤里，30 年、50 年都难以降解，而他所研究的项目，就是培养菌种，让菌种降解掉土壤中的白色垃圾，以期达到土壤的持续有效使用。

毛卫平听得十分兴奋，他认为，这个项目一旦研究成功，无疑是利国利民的大好事。

散会后，博士邀请毛卫平到他的研究室去看看，毛卫平欣然前往。

那个不大的研究室里，摆满了各式各样的玻璃容器。毛卫平一边看，一边听取博士的详细介绍。博士说，目前他培育的菌种，已经达到了提取 6% 左右高分子材料的能力，如果再往前一步，使其达到 10% 以上，就可以走出实验室，广泛用于土壤改良……博士还真诚邀请毛卫平合作，共同从事这项研究，因为他们目前遇到了资金上的困难……

毛卫平说："这确实是一件造福子孙、功德无量的事，我可以考虑和你共同开发。我多次参加中国国际高新技术成果交易会，每次我都感慨万千。在现代科技研发方面，我们与欧美国家还有一定的距离。推动国家科学技术发展，我们每一个人都义不容辞。"

博士说："这个项目一旦走出实验室，它的市场前景是无限广阔的，我们国家现在每年需要降解的白色垃圾达上亿吨……"

毛卫平再三考虑、反复论证之后，与博士签下了联合开发的协议。

此后，博士和他的团队潜心研究，毛卫平将资金源源不断地输送给他们。半年过去了，一年过去了，实验室里的菌种研究却几乎没有什么进展。毛卫平傻眼了，他又到清华大学等国内外从事该研究的专业团队进行调研，了解到目前想要量产这种高分子材料几乎无法实现的事实，只得壮士断腕般退出了该项目。现在，十多年过去了，这个生物降解的菌种研究依然没能走出实验室，也许有朝一日它终究会走出来，也许它永远都走不出来。不管怎样，这件事在毛卫平的心里永远是一个抹不去的遗憾。

"生物降解"这一项目的不了了之，在当时给毛卫平带来了一些苦闷，但很快他又振作起来了。2009 年，他与清华大学洽谈，准备和他们联合研发一个光电方面的项目。

几乎身边的所有人都在劝毛卫平，劝他不要再搞这种不着边际的事情了，搞"生物降解"，巨额的资金打了水漂，这又开始鼓捣什么"光电"，这种隔肚皮估崽的事，谁知道日后又是一个什么样的结局，还是安心做石膏板稳当。

毛卫平说：我们不能一朝被蛇咬，十年怕井绳。传统的产品石膏板要做，创新研发也要搞，两手都要抓，两手都要硬。没有创新精神的企业，是一个没有希望的企业；没有创新精神的民族，是一个没有希望的民族……

毛卫平不听任何人的劝阻，坚定不移地走自己的路。2009 年，他终于与清华大学、同济大学、中山大学签订了联合研发的协议。2010 年 5 月，他投资创立兰光光学科技有限公司，与上述三所国家顶尖学校建立了良好的产、学、研合作关系，并参与承担了国家 863 计划"紫外激光器产业化关键技术及应用"项目和国家重大项目——巨型激光装置的建设。

时光荏苒，毛卫平一年一年地往科研项目中投入巨额资金。这些付出也终于收获了回报。2016 年，光电领域中代号为"神光－Ⅲ"的项目通过国家检测全面成功研发，而毛卫平他们重点研发的变形镜是"神光－Ⅲ"项目中的关键核心部件。

公司掌握了高功率大口径高端光学单元组件和高功率、高精度光学元件的核心技术并成功量产。与清华大学研发生产的高功率大口径变形镜达到国际领先水平；与中科院西光所合作成功研发的高功率激光场镜已开始应用于高功率激光市场。目前，公司已通过 ISO9001/ISO14001/OHSAS18001 管理体系、知识产权管理体系认证，科研生产资质、国军标质量管理体系、武器装备承制资质、保密资质认证也正在进行之中。公司申报了数十项专利，目前已获得 30 项授权。

目前，云中龙已经成为一家以超短超强高功率激光技术及应用为发展方向的国家级高新技术企业，主营产品包括高端光学元件、高端光学单元组件系统、超短超强高功率激光技术及应用。主营领域涵盖先进光学制造、精密光机设计、光电医疗仪器、激光器、光通信工程等。

身为深圳市云中龙实业发展有限公司、深圳市兰光新材料有限公司、东莞市兰光光学科技有限公司董事长的毛卫平，被推选为广东省光学学会副理事长、深圳市企业家协会副会长、深圳市军民融合发展协会执行会长、深圳市残疾人企业家协会会长，并以唯一全票被评为第四届全国残疾人"自强创业之星"。

2016 年 5 月 9 日，我国"氢弹之父"、国家最高科技奖获得者、"共和国勋章"获得者于敏院士，欣然为毛卫平的兰光光学科技有限公司题词："兰光，中国科技实业的希望之光。"

于老紧紧地握着毛卫平的手说："你的祖辈为了救民于水火，为了新中国的建立，贡献了自己全部的财富和宝贵的生命，你在光电尖端技术研究领域，做了很多本该由国家来做的事情，你以你自己的微薄之力，推动着我们国家科技事业向前发展，你继承了令祖遗志，不愧是名门之后啊……"

毛卫平在于老的鼓励下热泪盈眶，他说："于老您过奖了，国家兴亡，匹夫有责，为国家的科技发展尽一份微薄之力，是民营企业的应尽之责。"

2019 年，毛卫平又投资了石墨烯材料的研发。

2021 年，毛卫平的一部分军民联用的光电产品转为民用，他为之奋斗了十年的光电，现在终于走向民用市场了。兰光光学将在很大程度上改变我国高功率激光技术及光学元器件要完全依赖欧美、日本进口的局面。

毛卫平说，他们在光电领域才刚刚起步，现在正大踏步地朝前走，再过十年，他们将交给祖国和人民一份更令人满意的答卷。

大城故事

——颐华城的前世今生

一、青葱岁月

在平江南江桥有一句俗语"讨米也要送崽读书"，这话朴实明了。祖祖辈辈在山区农村生活的平江人，可能说不出知识改变命运的大道理，但一定要让子女读书识字的执念，是流淌在血脉当中的。曾泰悟的父亲，就是其中的一个。

曾泰悟的家在南江冬塔乡（现上塔市镇）的邓家坡。向上溯源五代的曾老太公是一个正宗的读书人，曾经官至六品。老太公有两个儿子，大儿子身体强壮，住邓家坡祖屋的东边，继承家族物业和田地，耕田种地收租；小儿子身体从小孱弱，住西边，安心读书。说来有意思，从此东边的大儿子一脉便以农作为主，上百年来其子孙后代鲜有靠读书在外发展的；而西边的小儿子后代则读书风气浓厚，新中国成立前就有多人教书行医，新中国成立后考上大学者更是数量众多，教授、博士、硕士也有不少，颇具书香世家底蕴。

邓家坡曾氏这一脉传到曾泰悟父亲这一支时，尽管生活贫苦，但父亲兄弟三人仍然读了不少书，曾泰悟的父亲更是天资聪慧，读了好几年私塾，懂《易经》，通阴阳，能写会算，在耕作之余为邻里乡亲排忧解难，做了不少事情。不过，囿于时代原因，父辈们始终未能跳出农门。

父亲喜好读书的习惯影响了曾泰悟兄弟姊妹四人，他们读书成绩都不错。然而在 20 世纪 70 年代那段连基本温饱都没有解决的岁月，曾泰悟的父亲无法同时送四个子女读书，挣扎再三，父亲做出了痛苦选择，让四个子女中成绩最好的一个继续读书。于是，曾泰悟保留了书本，而除了他的哥哥高中毕业，他的弟弟妹妹在读完初中后就跟随父亲回家扛起了锄头。

曾泰悟深知，父亲这是将整个家族的希望和命运，全都寄托在了他的身上。而他也没有辜负父亲的期望，1984 年夏天，他在乡村中学以优异的成绩，从冬塔乡考入了平江县一中，曾泰悟记得，当时他们学校约 120 人参加中考，仅有 4 人被平江县一中录取。

走进一中这所平江县最高学府，骨子里热爱读书、把读书当作最大快乐的曾泰悟，尽管算不上班里最用功的一个，但"读活书，不读死书"的他，成绩依然在班上位于前列。不过他的生活，却实实在在是班里最贫困的。曾泰悟在一中寄宿，每个月生活费只有区区五元钱，这不仅包括了买饭买菜的伙食费，还包括了纸、笔等学习用品，以及肥皂、牙膏等基本生活用品的费用……可想而知，生活拮据到了怎样的地步。但他深知，就连这可怜的五元钱，也是父亲东拼西凑才从牙缝里省出来的。

20 世纪 60 年代国家大兴水利建设时，曾泰悟的父亲曾在一个水库务工，为排除一个哑炮，不幸被炸断了一只手。一只手的父亲，不但要养活四个孩子，还要供孩子们读书，这就是 20 世纪 80 年代曾家的真实境况。每念及此，念及仅凭一只手撑起家庭的父亲，念及失学的哥哥、弟弟和妹妹，曾泰悟便唏嘘不已。因此，发愤读书，绝不辜负家人厚望，便成了年轻的曾泰悟唯一的选择和最大的动力。

有动力自然有成绩，1987 年夏，曾泰悟不负众望，考入郑州航空工业管理学院。80 年代考上本科院校本是件欢天喜地的大事，但他却至今无法释怀。他认为自己应该能考取更好的学校，特别是对高考仅 70 多分、比全班平均分还低的政治成绩，到现在他还耿耿于怀，他觉得一定是哪个环节出了差错，把政治分数搞错了。不过当时没有查分一说，虽有不甘却也无可奈何。大学四年后，曾泰悟顺利毕业，被分配到航空航天部在太原的一家军工企业工作，领到了每月 126 元的工资，算是端上了铁饭碗。

然而，还没有等儿子的薪水化作一片孝心，曾泰悟的父亲就因积劳成疾，在 60 岁那一年抱憾离开了人世。

父亲的早逝，成为曾泰悟心中永远的伤痛，也成了他对家乡这片热土割舍不断的思念。

二、初战海南

当下平江人提到曾泰悟，总不免将他与海南、与三亚联系到一起，事实也的确如此。

1992 年，曾泰悟第一次到海南出差，彼时海南大开发的热潮一下子把他吸引住了。直觉告诉他，投身到这股大开发的热潮中，才能更好地发挥他学到的知识，才能更好地体现他的人生价值，同时也能更快地改变整个家庭的贫困状况。于是经过深思熟虑，曾泰悟毅然停薪留职，来到中国南海这个美丽的岛屿。

曾泰悟来到海南的第一份工作，是在上市公司东方实业做一名会计。东方实业是当时三亚最大的房地产开发企业，三亚成熟的好地块至少有三分之一在东方实业开发范围内，公司可谓人才济济。而在当时"十万人才下海南"的盛况之下，曾泰悟能顺利应聘入职这家公司，完全凭的是他的专业能力。

在贫困中成长起来的曾泰悟，性格宁静内向，不爱交际，却善于学习，善于思考。凭借出色的工作能力，在这个人才济济的上市公司里，曾泰悟从一名普通会计，一步步走到了财务经理、财务总监、分管业务的副总经理的位置。在别人眼里，曾泰悟可谓一路春风得意，但他自己越往上走，就越感觉到自己知识储备的不足，他的这个认知在当时海南发展的特殊背景下显得尤为可贵。

1993 年，以海南为代表出现的房地产泡沫引发中央担忧，时任国务院副总理的朱镕基发表讲话，全面控制银行资金进入房地产业，这是中国房地产发展史上首个调控政策。银根紧缩直接导致靠地产立省的海南神话幻灭，到 1996 年，大量地产项目烂尾，大量人才逃离海南，全岛经济可谓哀鸿遍野。当时曾泰悟有两个选择，一是跟身边同事、朋友一样离开海南到北上广深发展，二是趁此机会修身养性，给自己充电，他选择了后者。

1996 年，曾泰悟做出人生中又一个重要决定——继续学习深造，他考上了天津财经大学的研究生，在津门之地再次踏入象牙塔。他结合大学毕业后这几年的工作实践，学习起来目标更明确，针对性更强，效率更高。用他自己的话说，近三年的研究生生涯，是真学到了有用的东西。

1998 年曾泰悟研究生毕业，这时海口市国有资产经营管理公司向全社会公开招聘一名财务负责人，曾泰悟前去应聘并被录用。就这样，曾泰悟开始了第二次在海南的工作与生活。

不同于一般企业，也不同于政府部门，新单位的工作和生活——早九晚五，按部就班，开不完的会，写不完的材料，每一天都似乎很忙，每一天又不知在忙些什么——这种半体制内的状态，让曾泰悟感觉很不适应，也很迷茫，他觉得自己就是在混日子，就像众多陀螺中的一个，跟着转就行了，行动轨迹已经圈定，不需要太多自己的想法，也不需要自己太主动作为。作为一个喜欢思考且善于思考的人，曾泰悟开始怀疑这种忙碌却又无聊的日子的意义。七年前，他毅然抛弃铁饭碗下海，就是为了更好地发挥自己的聪明才智，更好地实现自己的人生价值；没想到七年后，自己转了一圈，又回到起点，这几年只是做了一场原地旅行。曾泰悟不怕苦不怕累，却害怕这种安逸的生活日渐消磨自己的意志，对此，他极不甘心。

于是，"不安分"的曾泰悟，再次思变。

三、上海风云

一个偶然的机会，在海口市民盟组织的一次会议上，曾泰悟认识了一位在上海发展的企业家。通过后来多次交往，这位企业家对曾泰悟的学识和观点十分欣赏，真诚地邀请曾泰悟加入他的企业。

2000年的大上海正处于经济腾飞之时。海阔凭鱼跃，天高任鸟飞，到中国最具规模和活力的城市去建功立业，这对于曾泰悟而言无疑是个无法拒绝的机会。于是，千禧年之际，他第二次告别海南。

不过，海南毕竟是曾泰悟试水弄潮的地方，挥手告别天涯海角的蓝天白云时，他心里怀着太多的不舍和惆怅……就在告别前夜，五个在三亚工作的老乡聚在大东海边的一个湘菜馆里为他送行，当晚几个平江人喝得酩酊大醉，又哭又笑，对家乡亲人的种种思念、在异乡打拼的种种辛酸、壮志未酬的种种不甘……至今仍让曾泰悟念念不忘。

曾泰悟同样念念不忘的，是对成功的渴望。他深信，这一回他再次打破铁饭碗，北上魔都，一定能够实现自己的人生价值。

2000 年曾泰悟来到上海投身的这家企业，是当年上海市引进的八大企业之一，业务遍及地产开发、旅游项目投资、国际贸易、高新技术产业等，当时全国知名的湖南远大集团就是与这家企业同一批进入上海发展的。曾泰悟本人也作为当年上海引进的高级人才，由政府部门直接为其一家办理正式的"红印户口"落户上海。

半年后，曾泰悟凭借出色表现，被公司任命为集团总裁，全面负责集团经营管理，当时曾泰悟仅 32 岁，是公司高层中最年轻的一名干将。他在上海意气风发，顺风顺水干了四年，却未曾想到，命运在此时给他开了一个不大不小的玩笑。

当时，曾泰悟主导投资一家生产柔性贴膜的高新技术公司。其产品是与国防科大合作研发的"防辐射柔性贴膜"，应用范围广泛，主要用于汽车及高端建筑。2002 年我国汽车市场刚刚兴起，市场上最好的贴膜是美国威固及 3M，曾泰悟他们当时研发的贴膜经国家专业部门检测，各项性能指标比市面上最好的威固还要好，生产成本却不及威固二分之一，这毫无疑问极具市场前景，曾泰悟因此信心满满。项目前期的工厂建设和设备安装都很顺利，计划 2003 年正式投产。然而，第一批贴膜试生产出来后，问题来了。

问题出在最后一道涂布工序上。生产出来的贴膜，要贴上一层保护层才能卷起来运输发货。起初他们认为国内透明胶的涂布技术已经很成熟，买一台国产涂布机就可以了。但实际上，这两种涂布技术不是一码事，高端贴膜的涂布技术要求高得多。国内涂布技术与国外相比相差甚远，也生产不出高端涂布设备，他们在尝试用国内设备涂布后，产品各项性能及技术指标严重下降，根本没法使用。在这种情况下，必须到国外进口一台涂布机。然而在向国外经销商询价之后，所有股东都吓了一大跳——进口一台涂布机要1000万美金！折合人民币便是8300万元！可该项目总投资计划才8000万元，涂布工艺相关预算仅为总投资的5%左右。这一下，大家都傻了眼。

当时国内高端贴膜市场刚起步，因此无论曾泰悟将项目前景描绘得多么美好，还是无法筹集足够资金去购买进口涂布机，投资者因此打了退堂鼓，一个现在看来无比优秀的项目，就此夭折。

项目夭折意味着曾泰悟的大量心血付诸东流。一时间，他心灰意冷，渐渐地也与股东们的经营理念产生了分歧。痛定思痛，他又一次做出抉择——离开上海，再战海南。

四年上海经历，让曾泰悟充分认清了自己。他总结，首先自己激情有余但方法不多，社会资源不足，处理问题缺乏技巧，说白了就是历练不够，嫩了一点。其次自己缺少对国家方针政策，尤其是对高新技术产业政策的研究，没有争取到国家及当地政府足够的支持。

当然，也有值得庆幸的地方。如今说起在上海的经历，让曾泰悟感慨最深的是，上海人才素质高，招人容易。他当年的助理是上海交大的博士，公司中层干部都是清一色的研究生。在上海四年，曾泰悟带出了一支好团队，培养和扶持了不少人才。他带出来的那一批人，现在都发展得相当好，各自在北京、上海、深圳都有自己的事业。曾泰悟说，好几个曾经的部下能力都比自己强，发展得比自己还好，这让他感到无比欣慰。

四、再战三亚

2004 年，曾泰悟三下海南，重返三亚。这一回，他比以往任何一次都来得从容，都更有底气。这一回，他直奔三亚鹿回头开发区的建设而来。而这个项目，就是享誉全国，至今仍是全中国旅游地产综合项目标杆的"半山半岛"。

半山半岛所在的鹿回头开发区，位于三亚市区南部的一个半岛上，东西临海，南北靠山，地理位置十分优越，南中国海边最美的朝霞与落日在此交相辉映。然而，生活在这片风水宝地上的老百姓却十分贫困，2000 年人均收入还不到 2000 元，可以说是典型的端着金饭碗讨饭吃。其实改革开放前这里还曾经是全国著名的模范村，现在的落伍、贫困导致了老百姓心态的失衡。

从 1992 年邓小平南方谈话到 2004 年这十多年的时间里，累计有十几批次的开发商准备在鹿回头开发建设，但每次都被老百姓赶了出去，没有一家企业能站得住脚。为什么呢？最直接的原因是村庄被当地一些黑恶势力控制，只要土地不被开发，这些家伙就可以控制土地对外出租经营来牟取暴利。而且这些不法分子利用恐吓或小恩小惠控制当地老百姓，蛊惑部分文化程度低、不明真相的人对抗企业的正常开发。另一个原因是在 20 世纪 90 年代的大起大落之后，海南的元气尚未恢复，国家大的经济政策还没有惠及三亚，形势未明，开发时机尚未成熟。无法拿出一个令老百姓、政府、企业三方共赢的开发方案，不能解决老百姓的实际问题，老百姓当然就有抵触情绪。因此，即便是在政府土地出让十多年后，鹿回头依然杂草丛生，一片荒芜，这里的老百姓依旧过着"一盆稀饭，一碟咸菜，从早吃到晚"的贫困生活。

2005 年，曾泰悟带领他的团队来了。他首先深入群众中摸底，了解他们的真实情况和想法，然后带领团队耐心细致地做群众的思想工作。项目涉及的村庄有 600 多户人家，2600 多人，曾泰悟挨家挨户一一上门。这期间，有蛮横不讲理的人放狼狗出来咬他们，有人直接吐口水到他们脸上，有人拿着菜刀、棍棒在曾泰悟面前挥舞，甚至还有人将他们的车砸烂；而且曾泰悟还发现，一些村干部白天开动员大会时表示支持开发，一到晚上就暗地召集一些人阻挠和对抗开发……种种明面的阻力和涌动的暗流，让开发工作困难重重。

但曾泰悟深知自己没有退路，不管有多少困难，他都必须坚韧不拔向前挺进，而且他深信，只要把群众工作做扎实，用真情感化老百姓，真心实意为老百姓办实事，借助当地政府力量，充分利用国家政策，营造一个和谐共赢的开发环境是完全可行的。于是他们一边没日没夜地做思想工作，宣讲政策和开发方案；一边着手为老百姓修路、建农贸市场、改造学校，帮助孤寡老人，赞助村里贫困学生读书，还组织村民到北京、上海、深圳等经济发达地区参观学习、开阔视野。2005 年 9 月，肆虐海南的"达维"台风给三亚带来极大破坏，电力、通信、供水、道路全部中断，很多老百姓的房屋被台风刮倒，生活受到极大影响，曾泰悟不顾个人安危，带领团队不分昼夜地串村进户进行救助，送粮送水，安顿受灾群众……经过一年多艰苦、耐心、细致的工作，他们的开发方案终于得到了绝大多数村民的认可和支持，项目终于在2006年6月开工建设。

从项目规划到业态布局，从产品定位到细节设计，从开工建设到营销推广，每个环节曾泰悟都秉承高品质定位、高标准要求的作风。十年栉风沐雨，曾泰悟和他的团队终于把大半个鹿回头半岛打造成了国际知名的滨海旅游度假胜地。如今半山半岛上诸多享誉全国的项目，如高品质的度假地产、多座高星级酒店、全国一流的锦标赛级高尔夫球场等，都是他一手操盘成就的。

可以说，半山半岛为整个鹿回头的开发打下了良好基础，这片风水宝地产生了令人难以置信的经济效益和社会效益，成为三亚一张亮丽的城市名片。这中间曾泰悟功不可没，因此，他被三亚市政府授予"功勋企业家"光荣称号。

五、梦圆故土

曾泰悟在海南打拼多年，小有成就，对他而言，在海南做项目驾轻就熟，有很多的商业机会可以去谋划和实施。但越是如此，他就越是感觉人生缺少了一些什么。因此当万籁俱寂，他枕着南中国迷人的波涛声入睡时，常常会想起儿时往事，常常会依稀听见平江一中校园里的朗朗书声，闻到深秋校园里馥郁的桂花甜香……

事业有成后反哺家乡，是绝大多数成功人士最质朴的愿望，对于因教育改变命运的曾泰悟而言，这种感觉尤为强烈。无论是冥冥中与父亲在天之灵的交流，还是每次回到家乡平江的所见所闻，都让曾泰悟坚信，他必须为家乡做点事情，必须为家乡的教育做点事情。

因此 2015 年，在半山半岛项目告一段落后，因工作繁忙多年未在家乡好好待过的曾泰悟，回到了母校平江一中。在了解母校这些年的办学情况，尤其是母校面临的困难后，他所做的第一件事，就是捐资 200万元设立了"曾泰悟平江一中奖教奖学基金"。这项基金每年拿出 20万元奖励那些品学兼优却家境贫寒的学生，以及教学成果突出的老师。曾泰悟说，平江一中建校 150 多年，培养出了很多优秀人才，大家对母校都有着深深的感激和眷念。但一个人的力量是有限的，他希望通过自己的抛砖引玉，创建一个模式或平台，吸引更多的校友参与到支持母校发展的事业中来。

平江近年来发展很快，县城规划及建设标准高，交通十分便利。曾泰悟回家的次数多了，对家乡的教育状况便有了更透彻的了解。作为百万人口大县，平江教育资源严重不足，每年 1.2 万多初中毕业生，高中只能录取不到 7000 人。这意味着将近 5000 个平江孩子将流向社会，他们有的去学手艺，有的回乡种地，有的外出打工，有的甚至就此走入歧途……

从贫困乡村走出来的曾泰悟清楚地认识到，平江要走出贫困，就必须大力发展教育，只有让孩子们掌握了知识，才能斩断一代又一代的穷根。由此他下定决心，光赞助母校还不够，他要回家乡办一所学校，一所高品质的学校，要让更多的家乡孩子有书读，让更多优秀的孩子得到更好的培养。

可是，要办一所容纳大几千学生的学校，并保证其高质量发展，谈何容易？尤其是办学之初，每年都要补贴巨额资金，运营压力巨大。在这种情况下如何保障学校高起点发展、平稳起步，如何让学校管理层不急功近利，而是把教学质量放在首位，这些都是曾泰悟需要解决的问题。在商海摸爬滚打近 30 年的曾泰悟知道，除了尽可能争取国家和当地政府的支持，他必须找到一条民办教育可持续发展的路径。最后他得出结论：单凭教育本身是解决不了上述问题的，只有以其他产业反哺教育，这所学校才能持续发展，才能行之久远。

曾泰悟心目中渐渐有了一个想法——他要在平江县城的东边、汨罗江的两岸开辟一片新城，学校就是这片新城里最耀眼的明珠。围绕学校，他还要布局人居中心、商业中心、医疗康养中心、文化旅游中心，让五大中心形成平江县城未来生活的典范。这个令人激动的想法，就是今天 4000 亩颐华城项目的初心和最早的蓝图。

颐华城的构思初步形成后，曾泰悟仍然有不少顾虑。因为要开发一个超大型综合体，需要对当地政府、社会资源以及开发环境有更多更深刻的了解，而他离开家乡多年，物是人非，项目推进一定会面临诸多困难。

不过很快，曾泰悟便打消了顾虑。2015 年，在岳阳市政府组织的一次"岳商大会"上，他结识了同为平江人的陈松柏。军人出身的陈松柏，退伍后在北京打拼多年。谁都清楚在北京这个藏龙卧虎之地出人头地可不简单，但陈松柏硬是凭着在部队练就的吃苦耐劳、敢打敢拼的精神、善于学习的本事和雷厉风行的行事风格，把事业做得风生水起，在建筑行业闯出了一片天地。更令曾泰悟心动的是，陈松柏几年前回到平江县，已成功开发了房产项目，他熟悉家乡的环境和政策，在这方面能为颐华城项目的开发建设提供莫大支持。而且，陈松柏同样热衷于家乡的扶贫和教育事业，还是"大爱平江"扶贫助困慈善协会（基金会）的会长。两个志同道合的人，在办学理念和大型城市综合体的开发思路上一拍即合。

于是，一个全新的企业"颐华大江投资有限公司"很快注册落地，三个合伙人分别为曾泰悟、陈松柏、曾铁山，他们都是从平江走出去创业的优秀代表。就这样，三人为颐华城的宏伟蓝图，分别从海南、北京、深圳带着各自的资源来到家乡，与平江县政府接洽和谈判。三人与政府派出的"颐华城项目"推进工作组反复商议、沟通，对开发方案多轮修改、优化，一次次推倒重来和不断完善。2018 年 6 月 27 日，平江县人民政府与颐华大江投资有限公司举行平江颐华城项目签约仪式。

六、大城将启

曾泰悟常说，颐华城项目的落地是"天时、地利、人和"三大要素齐聚的结晶，这三者缺一不可，而且可遇不可求。

天时，自然与国家方针政策及发展趋势密不可分。2020 年 11 月 14 日，习近平总书记在"全面推动长江经济带发展"座谈会上指出，要推进以人为核心的新型城镇化，处理好中心城市和区域发展的关系，推进以县城为重要载体的城镇化建设，促进城乡融合发展。而颐华城的目标就是通过建一座新城，将平江县中心城区做大做强、做出特色、做出品位，以此带动乡镇，打造全国县域城市建设标杆。如今看来，颐华城这个开发理念与国家政策导向完全吻合。

地利，则是离不开当地政府的大力支持。颐华城项目受到平江县委、县政府高度重视。他们认为，这是一个提高平江城市品位，促进平江县域经济快速发展的、十分难得的好项目。县委、县政府多次召开专题会议，大力推动了颐华城的开发进度。一个整体用地多达 4000 亩的综合性项目得以快速落地，充分证明了平江县委、县政府的远见和担当。

而人和，就不得不提到颐华大江董事会三位股东的分工协作，他们可谓黄金组合，在各自擅长的专业领域配合默契。曾泰悟在项目整体规划和开发节奏上运筹帷幄；陈松柏在开发建设和施工管理上经验丰富；曾铁山则在财务、法务的风险把控上驾轻就熟。用曾泰悟的话说，三人合作就像一场修行，考验着他们的胸怀和智慧。中国企业界有很多合作失败的案例，往往并不是项目不好，而是合作关系没有理顺。所以在这一点上，他们三人高度警醒，保持着健康的合作机制，彼此真诚以待，不断磨合和进步，彼此提升和成就。曾泰悟说，他不仅希望颐华城项目在平江的发展历史上留下浓墨重彩的一笔，为平江的老百姓造福；还希望他们三人的合作能成为平江商界的一段佳话。

2018 年 8 月 3 日，总投资超十亿元，占地 428 亩的"湖南师大附属颐华学校"奠基开工，正式拉开了颐华城项目的建设序章。两年后的 2020 年 8 月 31 日，首批招收的近千名学生，兴奋不已地走进了这座无论是硬件还是软件都堪称当时国内一流的学校。那个开学的早晨，平江县城阳光明媚，晴空万里。

颐华城项目的核心价值是师大附属颐华学校，而学校的核心价值无疑来源于一位好校长和一批好老师。说起师大附属颐华学校校长彭荣宏，曾泰悟一脸自豪。他介绍说，彭校长年富力强，前途无量，在长沙创办过多所名校，办一所成一所，在湖南教育界知名度很高。援疆归来的彭荣宏本来准备在长沙休整一段时间，然后等待组织上的安排。所以当曾泰悟、陈松柏通过各种途径找到他时，彭荣宏第一反应是拒绝，他坦言还没有做好到革命老区筹办一所新学校的准备。而曾泰悟、陈松柏不厌其烦地向彭荣宏阐述他们的办学理想，陈松柏甚至飞赴新疆与彭荣宏彻夜长谈。最终，彭荣宏被二人的真诚和办学情怀打动，毅然来到平江一起为颐华人的教育梦而打拼。

优秀校长领头，吸引了全国各地的优秀教师加盟。师大附属颐华学校首批聘任教师当中，有本科学历的占比100%，有硕士以上学历的达33%，长沙四大名校的学科名师也纷至沓来。不仅如此，学校的硬件设施同样令人另眼相看。教学楼、办公楼、图书馆、STEAM课程中心、专业体育馆、恒温游泳馆、宿舍楼，全都是国内一流的高标准建设和顶级配备。财政部领导、湖南省教育厅领导前来视察时，都不禁连连感叹，深表震惊。

在硬件与软件的双重加持下，师大附属颐华学校不仅闪亮登场，更以令人信服的成绩获得了社会各界的一致赞誉。2020年，师大附属颐华学校高中部在岳阳市的高一年级联考中取得了骄人成绩，初中部在湖南师大附中的联考中表现优异。

面对学校取得的成果，曾泰悟很冷静。他说，学生成绩好只代表一个方面，他更看重学生素质的全面发展，全面发展的学生走入社会后会更加自信，能取得更大成就。因此，师大附属颐华学校要求每个学生从小要掌握一至两种体育、艺术类的特长；要求每位学生要有动手能力，要能生活自理，要有良好的生活和学习习惯；要求每位学生要懂礼仪，重信用，有爱心，知回报……曾泰悟说，这才是他心目中一流的学生和一流的教育。

颐华城其他项目也在有序推进中。曾泰悟要建设平江最大的商业广场和商业风情街，让家乡父老享受更加便利和丰富多彩的现代生活；他要建设一流的、以特色专科为特点的三甲综合医院和康养中心，让老人们过上更有尊严、更有品质的晚年生活；他要为杨源洲江心岛贴上"平江会客厅"的标签，用一座城市博物馆展示平江的发展变迁，展示平江优秀的文学艺术成就，微缩平江的千年文化传统。

提及目前平江火热的学府里和翡翠湾两个颐华城地产子项目，曾泰悟也有独到的见解。在他看来，改革开放 40 多年，平江虽然在周边大中城市的带动下，社会经济取得长足发展，但人居环境还较为落后。平江大部分住宅都是在 20 世纪 80 年代、90 年代建设的，缺少统一规划、统一管理的现代智能社区，没有健康、环保、舒适的小区配套环境，建筑品质和居住功能也乏善可陈……他希望颐华城能改变这一现状，能为家乡人民带来比肩一线城市的高品质住宅和宜居生活。

曾泰悟认为，经过 30 多年的发展，传统粗放型房地产开发模式已很难继续生存，现代房地产已进入精细化、系统化、专业化开发阶段。颐华城不仅应响应国家新型城镇化政策要求，走产城融合的道路；而且要心怀民生需求，走创建全面民生配套产业的功能性地产的道路，紧紧把握未来中国房地产行业的发展趋势。

平江，自古人杰地灵，从屈原、杜甫的千古风流到峥嵘岁月的革命激情，这片土地上的无数先祖谱写过一首又一首动人的诗篇。十年树木，百年树人，我们深信，随着师大附属颐华学校的发展壮大，随着颐华城产城融合综合体的开花结果，平江将会走出更多杰出的人才，为脚下这一方热土的丰饶，为百万平江人的幸福做出更大的贡献。

"行路难，行路难，多歧路，今安在"，即便是李白，也会拔剑四顾心茫然；而"长风破浪会有时，直挂云帆济沧海"，则展现了诗仙从茫然苦闷中挣脱出来的强大精神力量，表现了他的倔强、自信和对理想的追求！这首《行路难》，是曾泰悟最喜欢的一首诗，也是对这位颐华城掌舵者的生平与内心最真实的写照。

永远的战士

陈松柏是安定镇水南村人，1977 年出生。他和别的农家孩子一样，一边读书，一边帮着父母干农活，不知不觉间，等到上高中，他已学会了干田里土里的各种农活。

在平江七中读高中一年级时，他响应国家号召，毅然报名参军去了。父母节衣缩食，原本指望他能考上大学光宗耀祖，但既然儿子怀着满腔热情应征入伍，他们也不反对，还一再叮嘱，要好好当兵，报效祖国。就这样，陈松柏挥一挥手，告别父亲母亲，告别家乡的山水，来到了山东服兵役。

到了部队之后，陈松柏吃苦耐劳、勤奋好学，做什么事情都十分认真，充满激情。不久后，他便当上了班长。

当上了班长的陈松柏，更加吃苦耐劳，更加发愤图强，他梦想着日后还要一步一步当排长、连长、营长、团长、师长、将军……然而，在一次执行任务时，他却因公致残。他没能实现当将军的梦想，在班长的任上便复员回到了水南村。

没能读成大学，也没能当上军官，回到村庄的陈松柏感到几分落寞。所幸的是他伤得并不重，五官完好，四肢齐全，他依然能吃能做，能过一个正常人的生活。

童年时的伙伴们，要么上大学了，要么到东南沿海打工去了。陈松柏几乎没怎么在村里过多地停留，便匆匆到广东打工去了。在广州找了好几个地方，找不到自己喜欢的工作，后来又跑到深圳去找，两个月后才终于找到了一份工作。然而，做了才两三个月，县里民政局来了电话，说他是伤残退伍军人，可以安排工作。

陈松柏便从深圳匆匆回来，被县里安排到县农机局，又被县农机局安排到岑川镇农机站当农机专干，他从一名打工仔转变成了一名国家工作人员。

岑川镇是一个边远的山区乡镇，在平江县的西北方，与汨罗、岳阳毗邻，而陈松柏的家却在平江东边。在 20 世纪 90 年代平江交通不方便的情况下，陈松柏回一次家很不容易，从家里坐班车到县城得半天，从县城再到岑川又要老半天。因此，陈松柏很少回家，无论是上班时间还是周末，他都待在岑川，把心思全部放在工作上。

岑川镇虽然地处边远，但农业机械在全县来讲算是用得比较多、比较早的一个乡镇。一来岑川人外出打工当老板的多，青壮年大都到北京做石膏板生意去了。当了老板赚了钱便有能力购买农机来耕作农田。二来岑川虽地处边远，但它是一个盆地，除四周的山比较高外，中间一马平川，适宜机械耕作。因此，陈松柏在这个偏远乡镇当农机干部算是工作比较多的。

陈松柏是一个有激情、能吃苦、办事认真的人，他曾经充满激情去当兵、去打工，现在又充满激情来当这个农机干部。到岑川不久，他便凭着一腔热血将各种工作干得有声有色，很快就得到了上上下下的一致好评。

陈松柏勤勤恳恳在岑川农机站工作了五年后，县农机局的领导都认为，这是一棵好苗子，应该好好培养，于是便研究决定，调他到县农机驾校接任校长。

陈松柏踌躇满志地来了。他对搞好驾校的工作充满了信心。局长找他到办公室谈话时，他将深思熟虑的两点想法向局长做了汇报。第一，他请求局里给他人事调配权，想要在农机系统挑选一些精干的人来创业。第二，要迅速去贷款借一笔钱，到开发区征一片地扩建驾校，目前驾校那片场地，已远远不适合事业发展了。农机驾校扩建，不但可以满足农机手的培训，而且可以面向社会培训司机，这个市场前景十分广阔……陈松柏很着急，他说，征地这事不能迟疑，再一拖，地价一日一涨，恐怕在开发区就征不到地了……

但领导根本无法满足他的要求。人事权是局里的，大额借款谁又能来担这责任？当时的陈松柏有的是满腔热血，可能根本不会考虑这些。因此，他的激情被一盆冷水浇灭了。

这一夜，陈松柏通宵未眠，本来想好了要到农机驾校好好干一场。照当时这个社会发展的趋势，在农机驾校是完全可以干出一番业绩来的。然而，继续沿着前人的路走，又怎么可能干出一番业绩呢？

翻来覆去想了几天，最后陈松柏毅然决定，还是下海去闯一闯，说不定还能闯出一条自己的路子。岑川乡下那些到北京去闯的年轻人，几年工夫下来，有的成了大老板，有的成了小老板，在那里混不下去无功而返的人，少之又少。陈松柏深信，别人能闯出一条路，他也能闯出一条路。

当兵出身的陈松柏，办事从不拖泥带水，他背着一身换洗衣衫就北上了，这是 2002 年 3 月 18 日，陈松柏时年 25 岁。

陈松柏来到北京投奔朋友，跟着他推销石膏板，背着石膏板到大街小巷的建筑工地上去搞推销，销出了石膏板之后拿提成。

陈松柏每天早晨六点起床，脚蹬一双黄解放鞋，背上背着石膏板的样品，在大街小巷里穿行，看到哪里有建筑工地他便往哪里钻。他向那里的人们不厌其烦地介绍，这是一种新型的建筑装饰材料，美观、大方、价廉物美、防火防震防潮……有的人耐得烦听他讲，有的人听得不耐烦，三两句便将他的话打断了，有的人甚至还放狗来咬他……

陈松柏坚定不移地行走着，天亮出门，断黑归屋，他不知走烂了多少双黄解放鞋，他从初春走到了夏末，在夏秋之交一个阳光灿烂的日子里，陈松柏终于销出了第一单石膏板。

他仰头望着高远的蓝天长长地吁了一口气。真是天无绝人之路，幸亏销出了这一单石膏板，他身上的盘缠几乎耗尽，再销不出货，他真的要打道回府了。

销出第一单货之后，陈松柏更加坚定地在北京的大街上行走着，他深信，自己一定能够在这条路上走下去，因为他比别人更能吃苦耐劳，更善于与人打交道。他一米八的个子，相貌堂堂，因为在山东当过三年兵，因此还能讲一口别人都听得懂的普通话。

陈松柏满怀激情地背着石膏板走过了秋天，又走过了冬天。这一年，他赚了上百万，这让这里几乎所有的岑川人都大吃一惊。

有了本钱的陈松柏，也像岑川的其他老板一样，在北京郊区的菜农那里租下一片地，搭起几间简易的工棚，从老家水南村叫来一帮民工，办起了自己的石膏板厂，挂出了自己的公司牌子——美事达。

在石膏板行业摸爬滚打一年，陈松柏感觉这些在北京郊区工棚里生产出来的石膏板，普遍存在一个问题：都采用简易型的生产模式，产品很难上档次。这种低档的，甚至是粗劣的产品，是很容易被市场淘汰的。

因此，陈松柏的公司一成立，便将提升产品的质量和档次放到了首要位置。当他手头上有了一些积蓄时，他便不惜重金，以年薪 30 万元聘请专家，到公司来专心从事新产品的研发。很多朋友不理解，你陈松柏才赚了几个钱，就花这么大的价钱，聘请一帮人，搞些不着边际的事，不值得。

但陈松柏觉得，这件事情刻不容缓。

事实证明，陈松柏的决定是完全正确的。随着他的研究团队对产品质量的不断提升，"美事达"这个品牌，越来越受用户的青睐，产品销量与日俱增。当年年底，他的研发团队还新研制出一种 1.2 米 ×2.4 米的长板，填补了市场空白。

很快，"美事达"成了石膏板行业一个闻名遐迩的品牌。其产品不但在国内畅销，而且还销到海外。俄罗斯、斯里兰卡、迪拜、多哥等国家一些高端建筑，如多哥的总统府，就用了"美事达"石膏板来装饰吊顶。

2008 年，河北廊坊的中太集团要建一栋办公楼，陈松柏的公司负责装修。通过这一桩业务往来，中太集团董事局看到了陈松柏的才干与为人，他们从此成了合作伙伴。后来中太集团在北京成立了三分公司，由陈松柏担任总经理。由于陈松柏出色的工作能力，2008 年，他的公司成为中太旗下的十六工程局。至此，他的公司又跃上了一个新的台阶，不但产品在北京、河北、山东有了长足的发展，而且市场还拓展到了非洲，年产值达 80 多亿元……

陈松柏不但是一位精明强干的企业家，也是一位有社会责任感、富有爱心的企业家。2008 年，汶川大地震后，陈松柏率领他的建筑团队，星夜驰援汶川，在第一时间赶到灾区，以最快的速度，最好的质量建起一排排安置板房。灾后，住建部称他的团队"创造了奇迹"，陈松柏被评为"全国汶川大地震抗震救灾先进个人"，他戴着大红花，代表他的团队，含着泪水领受了这份沉甸甸的荣誉。

2011 年，陈松柏响应家乡"回乡创业"的号召，在平江县城开发了他的第一个房地产项目——柏翠湾。这片楼盘，在当时来讲，可以说是高起点、大手笔的一部作品，现在十年过去了，柏翠湾仍不落伍。

2012 年，陈松柏由于各方面成绩突出，当选为湖南省人大代表。作为省人大代表的陈松柏，一刻也不停顿地为改变平江老区的贫困面貌奔走呼号。"改制林场职工困难问题""平益高速"……一项项议案，一个个建议提出，他付出了心血，洒下了汗水，也收获了成果，2020 年开始动工建设的平益高速就是他忠诚履职的最好见证。

从推销石膏板，到办起石膏板厂，再到进军装饰行业、建筑行业、房地产开发行业，陈松柏就这样风风火火地一路走来。无论搞什么事情，陈松柏总是以极大的热情，极其严肃认真的态度去对待。因此，什么事情他都能做到极致。

2017 年，陈松柏这个"老兵"又将极大的热情投入扶贫事业。他奔走于寓外乡友间，发起成立"大爱平江"扶贫助困慈善协会（基金会），并被推选为会长（理事长）。这是一场波澜壮阔的社会扶贫大战役，平江县大大小小的老板和爱心人士，在陈松柏的推动下，都投入了这场战役。短短一年多时间，便聚集起了 3.2 亿元的基金。自 2017 年至今，已经将 1.17 亿元善款（物）发放到贫困户手中，为家乡脱贫攻坚战立下了战功。

不断摸索，不断创新，"大爱平江"逐渐成为扶贫助困领域的一个品牌。"大爱平江"扶贫助困慈善协会入围全国脱贫攻坚奖组织创新奖候选名单，"大爱平江"扶贫助困慈善公益项目获评第十一届"中华慈善奖"。陈松柏也被评为了湖南省"最美扶贫人物"。

陈松柏还与同样热衷于扶持平江教育事业的企业家曾泰悟一拍即合，决定在平江县城东边、汨罗江的两岸开辟一片占地4000亩的新城——颐华城，他们要在这里建一所一流的学校。

"扶贫先扶智"，家乡不仅仅要脱贫，而且还要由贫转强。让平江的孩子享有优质的教育，家乡的发展才更有后劲，更有希望。

他们很快将这座新城策划设计好了，这座新城集教育、文旅、医疗康养、商业等于一体，教育是重中之重。

陈松柏亲自到美国、英国、法国、意大利等国的名校考察，他们学习借鉴诸名校之所长来规划设计这座能够容纳8000名学生的学校。

2018年8月3日，颐华城中的师大附属颐华学校正式开工建设。陈松柏是一个极其认真的人，他对建设施工中的每一道工序，每一个关键细节，都要亲自把关。

两年之后，2020年8月，师大附属颐华学校第一期工程完工，学校的办公大楼、图书馆、教学楼、体育馆、游泳馆、学生宿舍……在新城闪亮登场时，所有人都感到震惊，它的硬件设施，堪称国内一流。师资力量在全国范围内公开招聘，亦可称实力强劲。2020年8月31日，这座学校如期开学，小学、中学、高中共招收900名新生。

一个学期过去了，在期末的联考中，师大附属颐华学校高中部在全市联考中获得第一的好成绩，初中部在湖南师大附中附属多校联考中表现优异。师大附属颐华学校就这样闪亮登场。

随着师大附属颐华学校一期工程的建成，颐华新城的建设也已开始。陈松柏他们所策划的颐华新城，将用十年的时间来打造，这是一个县城经济建设的产城融合体，每一个板块，陈松柏都将全心去打造……

如今，陈松柏依然是一派军人作风，他永远充满激情，永远不知疲劳，永远在匆忙赶路。2019 年 7 月 26 日，他作为全国模范退役军人，再次戴上了大红花。

陈松柏才四十开外，他还有很长很长的路要走。我们深信，更加成熟的陈松柏，脚踏家乡这片英雄的大地，将创造一个更加灿烂的明天。

走出岑川第一人

一

在喻杰出主意要在爽口乡办石膏板厂的五年之后，平江县城关镇也办起了一个石膏板厂，厂子办起来之后，他们的生意也像爽口石膏板厂一样，两三年就红火起来了。他们将生意做遍了全县，后来又将生意做遍了平江周边的县市，再后来他们决计要将生意做出湖南，做向全国。

1991年春深夏浅时节，他们在街边贴出了一张广告，要招收一批会讲普通话的年轻人，到北京去推销石膏板。李正东为了走出岑川这片窄小的盆地，他来应聘了，这一年他已经30岁。他的脚步匆匆，心里只有一个念头，就是要离开这片窄小的土地，他要到外面更大的世界去闯荡。此时此刻的李正东，无论如何也想象不到，日后他将会成为改变岑川人的命运、改写岑川这片土地的历史、到外边的世界去闯荡的第一人。

李正东高大清瘦的身影踏上高高的雷锋岭时，他终于忍不住回过头来，久久地望着脚下这片土地。盆地里阡陌纵横，禾苗正绿，村舍寂寂，炊烟缭绕……他的眼前慢慢地变得一片模糊，一串清亮的泪水，悄悄滚过他那略显憔悴的脸庞……

在此之前，他一步也不曾离开这片宁静如梦的村庄！在这片土地上，他有过多少苦涩而又温馨的记忆，有过多少青春的梦想，又有过多少回向命运的抗争……

1961年，在那个全中国都笼罩在重重苦雾中的年月里，李正东出生了，他已经有了两个哥哥，一个姐姐，他排行老四。但这还不够，母亲仍在一个又一个地生着，给他生了四个妹妹。在那饥寒交迫的年月，在这边远贫穷的地方，一个如此庞大的农民家庭，那份日子的艰难可想而知。

李正东六七岁时便开始放牛、割草、砍柴，几乎将所有力所能及的农活都做了。后来，当父亲和母亲感到这日子实在难以支撑下去时，才决计将他过继给他的姨妈。这时，姨妈已经生了两个女儿，都已长大成人，她打心眼里喜欢这个聪慧的外甥。

来到姨妈家，李正东可以说是从糠箩里跳到了米箩里。

养母和养父都非常勤劳，加上家中人口不算多，家里过着比村里一般人家宽裕的日子。养母对李正东疼爱有加，吃要将好的留给他吃，穿要将好的买给他穿。在养母的精心呵护下，李正东在童年和少年的时光里，可以说过着足以令同龄人羡慕的日子。

养母没有别的本事挣钱，就凭着一双勤劳的巧手纺纱，没日没夜，从年头纺到年尾。百斤棉花，纺成纱，织成布，这个工序在一个月的夜晚里完成。然后将布送到汨罗的长乐街去，刚好赚回一斤棉花。于是又纺成纱，又织成布，又去赚回一斤棉花……就这样，她送正东念完了从小学到高中的书。

"咪呀——咪，咪呀——咪……"这仿佛从远古飘来的纺车声，将整个山村的夜摇得那么安详，那么空旷。

微弱的油灯下，一边是养母不紧不慢、无休无止地纺着纱，一边是李正东认认真真地写着作业。一个又一个绵长而安静的夜晚，母子俩就这样共用一盏油灯度过。

在养母的纺车声和唠叨声中，李正东高中毕业了。村里许多同龄人都没念什么书，而养母却硬是支撑着让他念完了高中。他高中毕业那一年，正好是恢复高考的第一年。整个谈岑学区200多名考生去应考，残酷的是无一人考上。尽管李正东是学校的佼佼者，成绩名列前茅，篮球也打得特别漂亮，但在那个年月，一所边远的山区中学，老师的教学水平只有这般，学生要考上大学何其难！

有一个叫李小坚的同学，和李正东玩得特别好，他们是上下屋场，每天读书都同去同回，成绩从来不相上下。后来李小坚转到县里读书了，在全县的应届毕业生中考了第一名，考取了天津大学，再后来，到美国读博士去了……

命运，有时就是这样无情地捉弄人。假如李正东也能像李小坚那样转到县里的中学读书，他的命运又会是怎样呢？然而生活从来没有假如。落榜后，他只能回家务农。

李正东每天跟着勤劳过人的养父日出而作，日落而归。两三年下来，在养父手把手的教导下，李正东将扶犁撑耙、插秧下种、播种收割等所有农活都学会了，俨然已磨练成了一个地道的作田里手。

这时候，养母说：你该成个家了，都二十出头了，早生儿女早遮阴。不要再想着出门的事了，锄头耙头握得紧，作田种地是根本啊……我们祖祖辈辈都是作田种地过来的，不也一样安身立命……

养母的心思李正东看得出来，她急着想要他结婚，生儿育女，传承起一脉香火。不久，养母便请媒人在邻村介绍了一个姑娘。

这时的李正东，似乎也认命了。反正是种田种地过日子，迟早是要结婚成家的。

然而，李正东在踏进 30 岁的门槛时，还是不满足于在这小山村里待一辈子。在反反复复的思量之后，他毅然决定要离开这个山村，他要到外边更大的世界闯荡。

站在高高的雷锋岭上，他含着热泪挥一挥手，然后便头也不回地走了。

有着高中文化的李正东，如愿以偿地被招收到了平江城关镇石膏板厂当推销员，经过短暂的培训之后，便被分配到北京去推销石膏板，和他一同进北京城的有九个推销员。他们每天起早贪黑到大街小巷中的各个建筑工地转悠，拿出石膏板样品给人家看，不厌其烦地介绍，这是一种新型的建筑材料，美观、朴素、大方、防水、防火、防震……

一个月、两个月、三个月过去了，他们十个人，谁都没有推销出去一块石膏板。推销员推销不出去产品，日子是很不好过的，老板每月只给他们30元的保底工资，吃住全在这里头。他们想赚钱主要得靠推销出产品之后拿提成。

他们每天买几个馒头，一包咸菜，一瓶矿泉水，就这样在大街小巷里穿行。夜里，便打开铺盖随便在哪个屋檐下睡一觉。

半年之后，与李正东一同来的人陆陆续续都走了。到最后，只有他一个人了。

1991年12月，一个寒风凛冽的早晨，李正东来到了复兴门。在这里，国家教委的一栋电教大楼正在建设。他的回力鞋踩着冰碴咔嚓咔嚓地响着，他在这片建筑工地前已经徘徊了许多天，可是都没能进去，保安十分严格，不允许他这样的闲杂人员混入。因此，他今天特地起了个大早守在门外，他一定要在项目经理上班的时候把他拦住，然后将自己的石膏板介绍给他。

建设施工人员终于陆陆续续地来了，他在那络绎不绝的人群中，终于看到了那位他已经盯了许多个日子的项目经理。

李正东迫不及待地迎了上去："老总，您早上好。我来自平江革命老区，是来推销石膏板的，我已经来了好多天了，都没能进得来。所以今天我一大早就来了，我已经守了一个早晨，您一定要听我介绍一下石膏板这种建筑装饰材料……"他是那么激动，语音甚至都有些哆嗦。

项目经理上下打量了他一阵："小伙子，你看你的脸都冻得发青了。"

"这不要紧，您听听我介绍一下我这石膏板，它价廉物美，防水防火防震……各方面的性能都很好啊……老总，我真的不会骗你，我们从平江老革命根据地来的人，不会说漂亮话，句句都是实在话啊……"

项目经理望着他笑了："看样子，你也确实是个厚道本分的人。"

"老总，谢谢您看得起我啊！"

"是这样，我对石膏板也不懂。你到北京市建筑设计研究院去找王所长，你拿着我的名片去，就说是我让你去找他的。他是石膏板的专家，他认为可以我们再谈好吗？"

"好好好，真的是太谢谢您对我的关照了。"

于是李正东立马就奔北京市建筑设计研究院去了。

这一天对于李正东来说，似乎注定了是一个好日子，他不但顺利地到了北京市设计院，而且还顺利地找到了王所长。王所长看了看李正东带去的产品，还没等他介绍完，便将他的话打断了："小伙子，不用你介绍了，它的技术、物理性能、原材料，甚至是产地我都了如指掌。"

"是啊，您是专家。"

"是这样，你去找我们所的李宗泽同志，他是搞造型设计的，让他给你图纸，你带着图纸回家去做样品，如果能达到我们的要求，那时我们再定。"

"好好，我真不知怎么谢您才好，您真的是一个好人。"

"不用谢了！"

于是，李正东告别王所长，又顺利地从设计师李宗泽那儿拿到了图纸。这一天虽然寒风凛冽，但对于李正东来说，却是一个阳光灿烂的日子。他再也按捺不住激动的心情，当天夜里，便买了火车票踏上了南归的列车。

马不停蹄回到阔别一年的平江老家，李正东来不及去看望老母亲，就直接到厂里，激动万分地向厂长汇报："我们总算有望在北京揽到一个活了，这可是一个大活啊！是国家教委的活，而且还在繁华的复兴门……我们就是拼了命也要把样品搞好，不能让这到手的活给溜了……"

厂长感到有些不可思议。他说："我没想到你能揽到这么大的活，真没想到，好样的！"

于是，厂长刻不容缓地调集工匠按图纸打造模具，制作样品。

十天后，李正东又北上了。他背着新制作出来的样品，背着一份沉甸甸的希望！

当李正东背着这些样品来到北京市设计院，将其一一摊开在王所长和设计师李宗泽的面前时，他们俩都眼睛一亮，立即肯定："这产品完全符合我们的要求，无论是色泽、性能、强度都没什么话可讲。"

听到这些肯定，李正东激动得心怦怦直跳。这笔生意看来有了八成把握。

这时，李宗泽又问了李正东一句："这是你们自己厂里生产的产品吗？小伙子，这可开不得玩笑哪！"

李正东急了："李总，我们革命老区的人怎么能开这种天大的玩笑，去拿别人的产品骗你们呢？不瞒您说，我们这石膏板，还是老革命喻杰当年倡导生产的。我们的产品早就在广东沿海一带畅销啦！如果不相信，请你们到我们厂里去实地考察一下就知道了。"

王所长思忖了一会说："也好，为了慎重起见，李宗泽你就带领项目负责人，并邀请教委的领导，一块到平江老区厂家去实地考察一次，然后我们再定。"

"谢谢……谢谢……谢谢王所长，谢谢李总……谢谢……"李正东激动得一下什么都不会说了，他就这样一路谢谢着，颤颤抖抖地出了门。

他一出门便给厂子里打去电话，他向厂长汇报，样品在北京已经完全得到认可了，过些天他们会到平江来实地考察，你们一定要将一切该做的准备都做好……

这一天的北京大雪纷飞，李正东兴奋得将帽子抛到了半空，迎着雪花在街上跳着，跳着。

后来的事情就很简单了，李宗泽一行到平江厂家实地考察过后，随即便签订了一万平方米石膏板的购销合同。

这是李正东来到神秘而又陌生的北京城里，经过一年的不懈努力后推销出去的第一批产品。

这笔生意做成后，李正东除去在北京的开销，还纯赚了一万多元。

李正东激动不已！这是他头一回一次性赚下这么大一笔钱，而且这钱还是在首都北京赚下来的。

当然，更多的令李正东想不到的还在后头。他想不到他将从此在这个神秘而又陌生，离故乡那么遥远的北京站稳脚跟，在这座城市里拥有房子和户口，从一个穷山沟的孩子变成北京人；他想不到在往后的年月里，他会从岑川老家将三四千名年轻人一拨又一拨地带到北京城里来，那些人当中，将会产生无数的万元户、十万元户、百万元户和千万元户，甚至上亿元的富翁……

二

又一个冬天降临的时候，平江县石膏板厂的老板踏着雪花到北京来了。其实老板与业务员之间的关系是十分简单的。业务员每推销出去一批石膏板，老板便从这笔销售费中提取百分之五给业务员。老板给他们的唯一待遇是出钱给他们租了一套房子住。也就是说，业务员除了住房不花钱，其他诸如伙食费、车船费、招待费等，一概都得自己从那百分之五的报酬中掏。

对于老板的到来，李正东事先已经做了十分细致的安排。他综合北京目前的市场状况以及发展前景，并针对目前厂里的产品状况、企业管理状况等，拿出了一个完整的意见方案。他要好好地向老板汇报。

老板到了北京后，李正东迫不及待地说："老板，今夜我想全面地向你汇报一下北京市场的情况和我自己的一些看法……"

老板却将手一挥："先别谈工作了，先喝好酒，打好牌，工作要搞好，玩也要玩好呀！"

等到第二天晚上，李正东才有机会和老板彻夜长谈。他说："北京这个市场，我认为它的潜力是巨大的，您看看，哪里不是工地，哪里不搞建设？而石膏板这种建筑装饰材料，北京市场原来是极少用的，人们还不太认识它，不太了解它，现在我们进来之后，大家已经开始接受它，开始看重它，因为它价廉物美，防水防火防潮的性能都好，人们逐步认识到，这些特点是其他建筑装饰材料无法替代的……因此，我认为北京的市场比广东沿海的市场要广阔得多。

"现在，我有几个建议：第一，我建议在北京成立一个办事处，有了这个常设机构，什么事情都会好办得多。第二，要把我们的资料搞齐全，包括产品介绍书、样本，都要上档次。眼下我们打印的文字材料和几张照片太粗糙了，你看看人家的产品介绍书做得多精美。第三，老板，恕我直言，你要提高业务员的销售费，百分之五确实不够。你只有将整个销售队伍的积极性提高了，市场才能无限地拓展，从某种意义上讲，事情的成败全在于销售员。第四，要把样板间迅速搞起来，看产品介绍与看样板间给人家的感觉完全是两回事。第五，家乡的厂子要扩大规模，目前这个样子根本无法适应北京这个大市场，有时一笔业务便是上万甚至几万个平方米，这怎么可能一下子供应得上来。第六，产品的品位要提升，要上档次，说实在的，我们目前的产品还比较低端，技术含量也不高，如果不提升档次和品位很难跟上市场发展的要求，甚至还很有可能被淘汰。第七，要调整人员结构，一些没用的人，或不适应那个岗位的人是会误事的，有时甚至会误大事。第八，公司财务管理上有些混乱……"

李正东激动得一口气讲了八条意见，正是有了广泛的市场调查和自己的深思熟虑，李正东才如此有信心提出来。他认为，如果按照他的这个思路发展下去，他们的事业是能够兴旺起来的。

然而，老板听了他这些意见之后，并没有多大反应。他只是淡淡地笑了笑说："你的这些想法，大多是不符合实际的呀！你说在北京建一个办事处，这需要多大的开销？目前租一套房给你们住，就已经是很重的负担了。销多销少，这与办事处有什么关系呢？你说要搞漂亮的产品介绍书也好，漂亮的样板间也好，这都是花架子，花架子没有什么实际意义，只要我们的产品是实打实的就行了。至于你说要提高产品的科技含量，提升品位，这倒是有一定道理，但这也不是一朝一夕能够搞好的事，科研攻关，谈何容易啊！你还提到要大大地提高销售人员的销售费这个问题，正东同志呀，这我就不得不说你两句了，目前以百分之五提给你们已经是够高的了，你看你，教委电教大楼和解放军总医院这两笔业务做下来，就纯赚三四万了，在家里种田、开小卖店能赚这么多钱吗？你看我们厂里那些工人，年头到年尾累死累活也就挣个万把块钱，不要人心不足蛇吞象，有我这么大方的老板已经很不错了……至于，你谈到加强财务管理和进行人员结构调整的这些意见，也有一定的道理……不过还是先按目前这样搞下去吧，边走边看……"

老板一席话，让李正东如同掉进了冰窖里，从头冷到了脚。他万没想到，自己的满腔热血，一片真诚，换来的却是老板的一张冷脸。

因为很多想法都无法得到老板的理解和采纳，因此，很多的机会也就丧失了。最后，李正东不得不和老板摊牌，他决计辞掉驻京推销员这个工作，自己另起炉灶。

李正东盘算，他的口袋里已经有了几万元钱，再找亲戚朋友凑一点，自己在老家办一个石膏板厂。北京已经拓展的业务一刻也不能放松，在自己的厂子还没办起来之前，先从别的厂家进货。

主意拿定后，李正东一头扎进了公司的筹备工作中。他开始制定公司的各项规章制度，几天后，他终于将一个十分完善的方案拿出来了。他将公司取名为"平江县星宇装饰建材有限责任公司"。他制定给销售员的报酬不是百分之五，而是三七分成……

冬天过去了，冰雪消融了。这一年的春天似乎比往年来得早，这一年的春天，似乎特别温暖。在这个美好的春天里，李正东在原来的老客户的牵线搭桥下，又拿下了北京市供电局、首钢集团疗养院两个工程项目。这两个项目的顺利签约，进一步坚定了他马上回家将厂子办起来的决心。

于是，一班人留在北京继续跑业务，李正东自己回到老家筹建厂子。建厂面临的最大困难便是资金不足，他没有任何东西可以抵押，根本得不到银信部门的支持。唯一的路，便是找亲戚朋友们借。那些日子，李正东几乎跑遍了自己认为可以借到钱的亲戚朋友家，凭着他的信誉，凭着他的人格，他居然在这条穷山沟里一下子扯借到了10多万元钱，再加上这两年在北京积下的那几万元，他终于可以凑合着将厂子初步办起来了。

于是，李正东牵头，杨七林、杨六平、李更东、李侃东等人参与，他们将岑川镇供销社废弃的库房租借下来作为厂房，厂子很快就办起来了。与此同时，平江县星宇装饰建材有限责任公司也正式登记注册。

厂子迅速投产了，每天四五十人加班加点干活，厂区一片灯火通明。北京方面，也是人气越来越旺。一下子，乡里几十个有文化的年轻人都聚集到李正东身边跑业务。有时候，李正东一觉从梦中醒来，甚至有点不敢相信这是现实。在这么短的时间里，他竟拥有了自己的厂子，身边聚拢了这么多人。更令他兴奋的是，北京方面的业务发展态势良好，就在他筹建厂子的过程中，又有两个项目签约了。可以说，前途一片光明。第一批产品终于出来了，几辆大东风装载它们，沿107国道日夜兼程，来到北京。这些产品将装饰到雄伟壮丽的天安门城楼西侧五百米处的北京市供电局的办公大楼里。

然而，欣喜的微笑还挂在李正东的嘴角上，一个不好的消息却传来了。这些产品刚刚开始安装，工程方就发现产品从规格到质量都不合格，要退货。李正东赶忙跑到现场查看，发现确实质量没过关，甚至连规格尺寸都不一。他赶忙打电话回厂里查询，才知道是购买模框时被人家给骗了。

怎么办？眼看着千辛万苦才弄到手的这么好的项目就这样砸了。而且还殃及刚刚才联系到手的北京设计院的一个工程……人家一看产品的质量这般差，便立即将业务转到了北京的另一家小厂。

不仅如此，李正东手下的那一帮人，看着这个状况，也不安起来，有的人甚至干脆一拍屁股走了，到别的公司混饭吃去了。

李正东每天晚上把大家召集起来开会，稳定情绪，分析原因，研究改进的方案……后来，他干脆将建设部和北京市设计院的专家们请到了平江，到厂里做专业技术和产品改良的指导。模具方面，推倒重来，全部重新购置，每一件的质量他都亲自把关。

两三个月过去后，又一批产品拖到了北京。这批新问世的产品，无疑使所有人都眼前一亮，经过检测部门的检测，它的每一项技术指标都比原来设想的还要好。

当时北京市场上的石膏板一直是株洲一家厂子占据上风，而这一回，李正东的产品和株洲的产品摆在一块儿时，一点也不比人家的差了。甚至，一些工程单位拿着两家的产品掂量来掂量去，最终还是选择了李正东的产品。至此，星宇的产品完全有能力和市场上一流的产品较劲了，它在北京市场闪亮登场。

李正东手下的那些业务员，带着令人骄傲的产品，拿着精致的产品说明书，欢快地奔走在北京的每一个建筑工地上。

在业务员们匆匆的脚步声里，捷报也一份份如期而至，他们的产品随着他们的装饰施工队走进了国家行政学院，走进了冶金部大楼、水利部大厦、电力部大厦，走进了东城区文化馆……

尽管生意做开了，四路捷报频传，但李正东仍然严抓产品质量，将产品质量的提升作为重中之重。正因为他这样持之以恒地抓，1999 年公司产品在俄罗斯精品展会获得国际精品奖，公司被评为纳税先进单位。2004 年，荣获湖南"重合同守信用企业"等。

北京申奥成功，给星宇带来了一个前所未有的发展机遇。星宇的产品在国家体育场、水立方、鸟巢、八一大楼、中央党校、国家行政学院、外交部、中央电视台、清华大学、北京大学、人民大学、解放军总医院等项目中得到广泛采用。在这一片大好形势之下，一批又一批来自平江家乡的精英带着无限的希冀奔向了北京，他们投奔到了李正东的旗下，队伍在壮大，力量在增强，产品质量不断提升，安装技术也不断提高，企业进入了一个全新的发展阶段，公司开发了十多项新产品，并获得了多项国家专利。

三

奥运会后，北京建筑市场进入饱和状态。

李正东审时度势，决定进行企业转型，将传统的石膏板建材经营作为副业，引进建筑和装饰业务，并将其逐步变为主业。

2011 年是星宇公司重大变革的一年，公司升级为一个建筑装饰设计、施工、总承包的企业。这是一个新的开始。当时，公司只有一个三级的施工资质，股东分歧大，有人提出重新购买一家装饰公司作为基础，李正东毅然否决了这一提议，他力主用自己的品牌，并决定重组股东，重新分配股权，增加股资。由于对开拓新领域信心不足，很多业务员只交了一万元股金，公司重组面临巨大阻力。为了稳定人心，李正东采取了一系列有效措施。一是以旧换新，大量吸收新生股东，大胆起用新人加入董事会，任人唯贤，排除过去以老乡、以亲友为管理核心的陈旧观念，邀请朱新辉、李太原等有才干的业务代表加入团队，出任公司董事。二是提高薪资待遇，聘用科班出身、有丰富经验的高级管理人才，提高管理水平。三是权力下放，健全制度，以制度化管理推进企业发展。四是动员多方力量，配强班子人员，着手资料整理，加快报请有关部门批准资质升级，为股东增强开拓市场的信心。五是精简收费，使业务人员、股东有更大的利益空间。六是放弃过去松散型、各自为政开展业务的做法，抱团取暖，团队协作应对市场变化。这一系列行之有效的措施出台后，对公司后来的发展壮大，起到了决定性的作用。

经过一系列重大改组、改革，2012 年，湖南星宇装饰有限责任公司在京成立；2013 年，取得建筑装饰工程设计与施工一级资质，产值突破 5 亿元；2014 年，取得建筑幕墙工程设计与施工二级资质……这样，他们就不用像以前那样因资质不够而给别的企业当配角了，他们凭自己的实力，在装饰、玻璃幕墙等领域，都在同行业处于领先地位。深圳的平安大厦、会展中心，北京的巨龙国际大酒店等装饰项目，他们都凭自己的实力拿下来了，并且做出了自己的风格，做出了影响力。

随着市场的不断拓展，一家家分公司也不断成立，除了北京分公司和天津办事处，2016 年，公司还先后在云南、广西、贵州等地成立了分公司，同年在山西、杭州办理了施工备案手续。

四

2018 年，湖南星宇装饰有限责任公司正式更名为湖南星宇集团有限公司，平江县人民政府邀请星宇集团将总部建在平江。

平江是李正东的生养之地，30 岁以前的每一个日子，他都是在这片土地上度过的。那些日子，尽管大多是饥饿、寒冷、劳累的记忆，但透过这些苦涩的片段，还能看到许多人情的温暖、人性的美好。这些年，尽管在外四处奔波，但他心心念念的，总是这片土地上的人。这些年，李正东不知道从这片土地上带了多少人出去，这些人在外边又成立了多少家公司，创造了多少财富……但这些还不够，他觉得，他还应该为这片土地上的人们尽早摆脱贫困做更多的事情。

李正东一一说服所有股东，将星宇集团总部建到平江，并向县政府庄严承诺，每年上缴税收 3000 万元，并对外招商引资不少于 90 家企业。

占地 105 亩的星宇集团总部于 2018 年动工建设。从规划、设计到建筑施工、装饰……所有工序都是星宇自己的人搞。现在，他已经拥有了一支强大的队伍，凡政府采购的项目都有资质参加。因为是自己的人搞自己的事，所以，一切都十分顺手，不到两年的时间，一个庞大的建筑群拔地而起，并投入使用，这里包括了 28 层的星宇总部大楼、接待中心、展览中心、营销中心、游泳中心、人才公寓……其建设速度之快、建筑质量之好，都无不令人惊叹。

总部大楼建成后，李正东邀请湘鄂赣边区三省十八县的人搞了一次篮球比赛。李正东喜欢打篮球，星宇的这支球队有两名外籍球员，还曾经在北京市的 COBA 比赛中拿过第二名。现在，他们回到平江，为湘鄂赣边区的文化体育事业带来了一股强劲的东风。

总部大楼内，有一流的酒店，有商务洽谈中心，会议中心可以同时举办 28 场会议，还有一流的文化艺术展览中心，这一切，填补了平江的空白，它将为推动老区的经贸交流、文化和体育发展起到不可估量的作用。

星宇集团总部回到平江，还将岑川镇作为他们的扶贫点，岑川镇成立教育扶持基金，他们出了 100 万，平江县成立"大爱平江"扶贫助困慈善协会（基金会），他们又拿出了 320 万元……

平江是一片英雄辈出的土地，星宇脚踏家乡这片英雄的土地，面向五湖四海，迎接更加辉煌的明天。

岑川的一匹黑马

杨六平是众多岑川老板中的一匹黑马。

谁都无法想象，20多年前一个背着蛇皮袋在六里桥下车分不清东南西北的山区农民，今天能在北京拥有自己的多栋别墅以及上亿元资产。

杨六平和其他普普通通的山区农民没有什么两样，平平淡淡、朴朴实实，有一身似乎永远都使不完的力气。也许，与别人有所不同的只是在童年和青少年时代，他比其他人吃的苦、受的磨难更多，也因此，他比常人更能吃苦耐劳，更坚韧，更精明，更懂得珍惜来之不易的一切……

杨六平的母亲生育了11个孩子，存活下来的却只有四个，三男一女。顾名思义，杨六平排行老六，在他前边的五个，没有一个养活下来的，大多几个月或几岁就夭折了。因此，杨六平虽排行老六，却是兄弟姐妹中的老大。

杨六平的父亲杨国兵，是一位从朝鲜战场上下来的退伍军人，老党员。老杨从枪林弹雨中回到宁静的小山村后，仍不改军人本色，他在村里担任支部副书记，常年为了公家的事情奔波操劳，废寝忘食。因为他原则性强，工作出色，所以上边还经常将他抽调到别的村甚至别的公社去蹲点。老杨蹲点是实实在在地蹲，年头到年尾都难得回家来看两次。因此，在杨六平童年的记忆里，关于父亲的记忆是十分淡漠的。

他只记得，父亲偶尔回来一次，一家人便高兴得像过年一样。

母亲含辛茹苦地带着孩子，操持着田里、土里的农活，还要料理一家人的鞋袜衣衫，她那瘦小的身躯，硬朗地挑起整个家庭的重担。

1987年，杨六平离开郭洞村，因为他在这片土地上，种地、开小卖店、蒸酒、熬糖、打豆腐，几乎将所有能搞的行当都鼓捣尽了，依然赚不到几个钱，于是，他决计走出这个小山村。在那年的春天，他只身来到岳阳街上贩菜。后来，他发现贩鱼比贩菜更赚钱，于是就将菜摊改成鱼摊。这贩菜贩鱼尽管利薄，但比起在郭洞村搞的那些行当，收入还是高得多。在贩过了一阵子鱼之后，杨六平又发现在岳阳街上贩时装更赚钱，此时，他已存了一点积蓄，完全够本将衣摊子搞起来。于是，贩鱼的摊子又换成了五颜六色的衣摊子。

一个山区农民，居然在岳阳街上贩起了让那些洋气十足的帅哥靓姐喜欢的时装，不仅如此，杨六平眼光还颇为了得，深受年轻人欢迎。有人说，杨六平八字生得好，命里天生就带财，不管做什么生意，总是干一行赚一行，从来就没见他做过亏本的生意。

杨六平自己却不这样认为，他说，我是草根，八字生得贱，命中注定了要比别人吃更多的苦，耐更多的劳，操更多的心。

日子悄然过到1992年，那年的春天，李正东要他组织一批劳力火速赶到北京去搞装饰吊顶。杨六平当时的时装生意做得很顺手。到底是去北京装吊顶做苦工，还是留在岳阳贩衣服呢？他心里反反复复地盘算。最终他还是毅然决定，放弃衣摊子北上。他知道北京是伟大祖国的首都，是全国最大的城市，比起岳阳城，不知道要大多少倍。俗话说，大塘之中好养鱼！他决计要到那座大得不得了的城市去闯闯。当然，这个山区农民，他并不仅仅是为了到北京去做苦工，去看新鲜。他的内心深处，还埋藏着许多的梦想。

来到北京，杨六平默默地和那些民工一道装吊顶做苦力整整干了两年，他不但学会了装饰，还懂得了各种装饰材料的性能，装饰行业里的各种计算。一句话，在装饰行业中，他已无所不通了。与此同时，他还认清了北京的路，学会了讲普通话。

突然有一天，他向李正东提出："我想给你当推销员，不想再干这吊顶棚的苦工了。"

李正东有些惊讶，然后平静地说："你还是安安心心带那帮人吧，搞推销不是你能干得了的。"

"我确实只读过三年书，没多少文化，但是搞推销不一定要有很多文化。既然人家能推销出去，我想，我说不定也能推销出去。你就给我一个机会，让我去试试吧！"

"何必呢？白耽误一些工。"

"那我一边做吊顶，没事了就一边去搞推销总可以吧！"

最后，李正东只好点头同意了："那你就去试试吧，不碰得头破血流，你也不得死这条心。"

于是，杨六平便花 30 元买了一辆旧自行车，做吊顶之余，便骑着车去跑那些建筑工地。像一只无头苍蝇般，他漫无目的地在北京城里乱撞着，只要看到哪儿在动土，只要听说哪儿将要搞建设，他便背着石膏板的样品往哪儿钻。他无休无止地和那些守门的人纠缠着，想尽一切办法混进去，找经理和项目负责人，他操着一口生硬的普通话，介绍自己的产品……

一个月过去了，两个月又过去了……他一无所获。

李正东望着他那副疲倦不堪、垂头丧气的样子，有些心痛地说："你还是别吃这个亏了，这碗饭不是你能吃的。"

杨六平不吭声。他想，别人能做到的事，他也能够做到。只要有空闲，他依然骑上破自行车，四处去碰运气。

在前门一处建筑工地上，通过无数次纠缠，他终于弄清了那儿需要石膏板，而且他还打听到，分管的项目经理姓刘。然而，与刘总见面谈何容易，工地上那个尽职尽责的门卫，总是死死地盯着他……

怎么办？来来去去跑了半个月，一点着落都没有。后来，他打听到这位经理的家庭住址，他想，不如到他家门口去守着。

那一天下着大雪，杨六平下午五点就在刘总家的院子门口守着。雪静静地下着，杨六平就立在院门口，眼巴巴地盯着马路的尽头处，静静地守候。六点钟过去了，七点钟又过去了，还是看不见刘总的影子。这时杨六平已经冻得双脚发麻，双手发抖了，更何况肚子里空荡荡，早就咕咕地叫了……但他依然坚定地等着，他就不相信刘总夜里不回家。即便等到天亮，他也要等下去。

九点半，刘总终于回来了，杨六平一阵哆嗦，一个箭步冲上去："刘总，我是星宇公司的推销员，来推销我们的装饰材料……我们的石膏板美观、朴素、大方，防火、防漏、防震……"他哆哆嗦嗦地说着。

冷不防一个"雪人"从暗处冲到他的跟前，刘总大吃一惊。他定神看了看这民工，不像是拦路抢劫。

杨六平趁刘总发愣这一刻，立即取出样品来："刘总，我们这种产品绿色、环保……北京干燥，这种产品的吸尘、吸污功能强……不变形、不怕受潮、不怕受热、不会膨胀……"

回过神的刘总终于说话了："你推销产品怎么推销到我家门口来了呢？我家里又不搞装饰！"

"刘总！我不是给你家推销，我是想推销给你们正在建设的前门那栋大楼呀！我的产品保证能让你满意……"

刘总说："你明天到我办公室去再说……"刘总望着这不知来头的民工，逃也似的赶紧走了。

"可我进不了你的办公室，我都已经折腾了半个月了，我没有办法，所以才守到你家门口来……"

任凭杨六平怎么说，刘总早已走得无踪无影。他在雪地里久久地望着刘总走进的那座院落，好久好久才回过神，落寞地推着自行车往回走。

第二天的下午，杨六平早早地收了工，背上样品，守到了刘总家的院落前。他没有死心，他坚信刘总只要了解了产品，是能够接受它的……

雪依旧在静静地落着，杨六平倚着院墙静静地等。天黑尽了，刘总回来了，今天他七点钟就回家了。

杨六平又是一个箭步迎上去："刘总你好，你总算回来了。你看看我这产品，真是北京市场上最好的石膏板哪……"

"你怎么又来了，我不是说了，有事到办公室去谈。"看着这个冒失鬼，刘总除了初次见面的惊奇，还多了一丝不耐烦。

"可是刘总，我进不了你的办公室啊！"

"去去去，不要在这儿纠缠了！"

"刘总，你就看一眼我这产品吧！"

刘总早已扬长而去。

杨六平立在原地发了一阵呆，又推着自行车一步一步往回走。第三天晚上、第四天晚上杨六平又来了。他相信，人心总是肉长的。然而，刘总就是不理睬他。

第五天晚上……

第六天晚上……

第七天晚上，雪又下大了，这一夜北京气温是零下十八摄氏度。杨六平一直守到十一点半，刘总终于回来了，他满脸通红，带着一身酒气。

"刘总……"杨元平哆嗦着迎了上去。

"你怎么还守在这里啊！"望着这冻得脸色铁青的杨六平，微醉了的刘总不由得倒抽了一口冷气。

"你就看看我这产品吧！"

"我真的服了你啊！我的这位农民兄弟。"刘总终于重重地在杨六平的肩上拍了一掌，"好吧，让我看看。"于是杨六平从包里取出样品，送到刘总手中。

"明天你到我的办公室来。"

"可我真的进不去呀！"

"没问题，我会交代的，明天上午十点，你拿着我这张名片……"杨六平激动得热泪盈眶，竟什么话也说不出。第二天上午，杨六平顺利地来到了刘总的办公室。

平日里冷若冰霜的刘总，今天居然还给杨六平泡了一杯茶。刘总说："你把样品、产品说明书，以及价格表都放在这儿，我们开会商量好了之后再答复你。"

"那要等多久啊？"

"就三五天吧。到时候我会打电话通知你。"

回到家里，杨六平心中总是忐忑不安，就连装吊顶似乎都没了心思。等到第四天上午，刘总果真来了电话，叫他到办公室去。

杨六平立即丢下手上的活，骑上车一路狂奔，来到刘总办公室时已是满头大汗，上气不接下气。

"刘总，我这产品行吗？"

"行，经过再三比较，我们已经定下来了，用你这产品。"

"刘总，你真是天底下最好的人。刘总你相信我，我保证这产品是北京市场上最好的，要不，我今天中午请你吃饭，详细介绍……"

刘总一笑："我的农民兄弟，一顿饭说不定要吃去个把月工钱。"

"刘总你就赏个脸吧，这是我的一份心意，你不赏脸我心里过意不去。"

"不需要不需要！"刘总连连摆手，"你下午再到我办公室来，我们把价格定下来，签一个协议。"

下午，当杨六平早早来到刘总的办公楼下时，刘总喝醉了酒，一辆车将他送回来，他下了车，路都走不稳了。

杨六平赶忙将他背上了办公楼。刚进门，刘总就"哇"的一声吐开了，衣服上、沙发上、地上到处都是。

杨六平赶紧将办公室的门关紧，然后在卫生间找了毛巾，清理脏物，他顾不得脏，将地上那一摊恶浊的呕吐物捧进厕所，然后再用拖把擦。然而等他刚刚弄完，刘总一抬头又是一摊吐出来了。杨六平便扶着他的额头，干脆让他翻肠倒肚地吐，直到最后刘总将肚子里的黄水都吐尽后，这才开始清扫，就这样，杨六平不停地在刘总办公室忙了整整一个下午。

傍晚时，刘总终于醒酒了。他说："我的农民兄弟，今天多亏你，多亏你呀！我的心里真的有些过意不去。"

"刘总，看你说的，你对我的大恩大德，我还不知道怎么谢你呢。"

"你快别说。你是一个诚实人，你这个朋友，我交定了。"

"刘总，谢谢你看得起我哪……"杨六平激动得差点眼泪都要掉下来了。

就从那一天起，杨六平不但做成了前门工地上一万多平方米石膏板的生意，还被这位几乎是无法接近的刘总认作了朋友。他有事没事，便上刘总家坐坐。刘总不但从来不让杨六平送礼、请客，而且还隔三岔五地带他到外面去吃饭。这段时间，杨六平长了不少见识，结识了建筑行业中的不少朋友，他们中的很多人后来还成了杨六平生命中的"贵人"。

通过刘总，他认识了丰台一个建筑工地上管项目的王总，他那里需要大量石膏板。然而，王总却是一个比刘总更难打交道的人。他不抽烟、不喝酒、不打牌、不唱歌跳舞，甚至连话也不多讲。有过一些找上门去做生意的人，被他拒于千里之外，有时人家提了烟酒或其他礼品来，甚至被他呵斥着轰出门去。

他就是那样一个冷若冰霜、油盐不进的角色。

杨六平有事没事也到他的工地上去转转，去聊聊，但只字不提推销石膏板的事。

不久，杨六平发现，王总有一个爱好——喜欢吃糖。于是，只要一有机会接触王总，杨六平口袋里总是揣着一把糖。人家抽烟喝茶聊天时，杨六平便掏出一颗糖来吃，同时也递一颗给王总，像分烟一样。王总不拒绝，欣然接下丢进嘴里有滋有味地吃。他问杨六平："你怎么随身还带糖粒子跑。"

杨六平说:"我一不抽烟,二不喝酒,平时就喜欢吃几颗糖。"

王总笑而不语。

这天,杨六平提着一袋高级水果从王总的工地上路过。

王总问:"你这是去干什么?"

杨六平说:"几年前的一位客户住院了,在打点滴,我去看看他。"

"几年前的客户你还记得,你小子还是蛮讲感情的嘛!"

杨六平笑道:"受人恩惠,一辈子都不能忘记呀!"

"进去喝杯水再走吧!"

王总边说边拉着杨六平往里走。

在办公室,他们一边喝水、吃糖,一边聊天……后来,杨六平走时,竟忘了那一袋水果。

后来,王总给杨六平打电话:"你去看病人的水果忘在我办公室了。快来拿!"

杨六平说:"我打的来回跑一趟,只怕比买水果的钱还要多,送给你吃算啦!"

其实,他这袋水果原本就是送给王总的。

又在一个大热天,杨六平给王总送来了一箱水。

"我可从来不收人家任何礼物的,你背回去吧!"

杨六平便笑:"王总看你说的,我送礼也不至于送一箱矿泉水呀!刚才我往工地上拖水,看你这儿没水了,顺便丢一箱在这儿。"

王总只好笑了:"你小子确实蛮细心。"

就这样,杨六平通过这些细小的事无形中拉近了和王总之间的距离。

不紧不慢,不温不火,直到时机成熟,杨六平这才和王总讲起石膏板的事，并顺利地在这儿一次推销了 15000 平方米的石膏板。

这一年，杨六平销出了共计 35000 多平方米的产品。

这一来，李正东和公司其他岑川人都对他刮目相看，感慨万千。李正东没想到，他这个被叫来装吊顶做苦工的妹夫，居然还有这样的能耐。他感叹地对杨六平说："我真是小看你了。"

杨六平只是憨憨地笑着："我这也才刚刚开始。你既然把我带到北京来了，我深信，以后的路会越走越宽……"

李正东说："说得好，你是一个特别能吃苦，特别精明的人。往后，我们一起管理这家公司吧。"

杨六平有些羞怯了："如果你需要我帮忙，那我就试试吧！"

于是，1995 年，李正东原本叫来做苦工的妹夫杨六平出任星宇公司的副总了。

担任公司副总，并不意味着他就成了脱产干部。搞推销之余，他开始协助李正东管理公司事务。此时，他考虑最多的是如何进一步提升产品的质量和品位，如何吸纳促销人才、施工人才，如何进一步提高营销人员和施工人员的积极性……

与此同时，在拓展市场方面，杨六平也处于蒸蒸日上的势头。如今，他可以讲出一口标准的普通话了，就是北京本地人，也听不出他是一个从平江山里来的农民。扫除了语言交流障碍后，他更加如鱼得水。

从 1994 年到 1998 年，杨六平在北京城里拿下了 35 个大小工程，业务从石膏板的推销和装吊顶拓展到各种装饰材料的销售，以及各种装饰工程的承接。

更为重要的是通过这 35 个工程，他积累了雄厚的经济实力。

  1998年，卫生部办公大楼，两万多平方米的装饰业务；1999年，八一大楼，三万多平方米的业务；还有中央党校大礼堂、工商大学城、郭城国际大市场……这些工程量较大的业务，都必须要有巨大的投入，一般的老板，即使揽到了这些业务，也不可能一下子投入那么巨大的资金量。然而，这些对于已经有了丰厚积累的杨六平来说都不在话下，几个工地同时开工，几千万元的资金流对杨六平来讲是常事。

  这些大工程，有时不仅仅关乎资金实力的问题，它可能还意味着工艺造型的难度、工程的复杂度等。然而，这些大工程在杨六平手里都能得到妥善处理。

  例如，中央党校大礼堂根据设计图纸，需要做船弧形吊顶造型，专家们拿着图纸比画来比画去，都认为不可能达到那样的弧形高度。然而杨六平却当着专家们的面拍着胸膛说："我能够做出那个效果，只是要用精度更高的铝材，在制作时工艺更复杂一些……"

  专家们望着他这条粗汉，不停地摇头，他们的观点是通过了多方面论证的，不可能凭杨六平三言两语就相信他能解决。

  杨六平说："我先去进一些好材料，做一块样板给你们看，如果达到了效果，就按图纸施工……"

  专家们将信将疑地同意了。

  于是，杨六平便花大价钱从建材市场选购了一批铝材，然后自己动手打模具，自己弄电焊……没日没夜地整整鼓捣了十来天。

  当他开车将甲方管理人员和设计院的专家们接到现场时，众人望着这船弧形吊顶造型，一个个都震惊了，他们想不到这条粗汉真就弄成了，而且还弄得这么理想。

他们这里摸摸、那里问问，鼓捣半天之后，当场拍板，这个工程就由杨六平做，大家一致认为他肯定能做好。

无法想象，一个从没学过设计、工程力学、物理学，甚至连木匠、铁匠活都没干过的农民，居然能有这样的"绝活"。杨六平并无三头六臂，他凭的只是在工作实践中点点滴滴的积累和聪明好学的品质。

每一个工程都是一个学习的机会，积累的过程。只有小学三年级文化的杨六平从一个只晓得作田种地的农民成长为一个在装饰界无所不通、无所不精的全能人物，攻克了装饰实践中一个又一个连专家教授都感棘手的难题。

勤劳、好学、爱钻研，似乎是杨六平与生俱来的性格。

外出务工的人，一般都喜欢群居，因为大家聚在一块热闹，不孤独，没有流落异乡的感觉。而杨六平却喜欢独居。他到北京后和大伙住了不到两年的时间，便另外租了房子。他喜欢静，没事的时候一个人静静地思考、静静地学习，从最基础的普通话学习，到人际关系的感触与钻研，再到装饰业务中各个领域的钻研。勤劳与好学，这两只翅膀支撑着这位大山的儿子在北京的天空下自由自在地飞翔，他越飞越高，越飞越远。

杨六平凭着自己的勤劳和善于思考、善于钻研的精神飞翔到2011年，便明显感觉飞得越来越累了。他以前做业务，都是靠自己的钻劲去跑，跑到一笔业务，便挂靠到一家公司去做。公司挂靠得一多，便良莠不齐，质量有的好，有的不好，质量做得好的，会受做得不好的牵连，由此，杨六平认识到，这样单打独斗做散兵游勇，不是长久之计。

2012年，杨六平开始筹建自己的装饰公司。这办公司，不是办完工商注册就完事了，必须建立起自己的管理体系、技术人才体系、质量监管体系、安全防范体系等，没有这一套完整的体系建设，就没有资质参与竞标，就拿不到业务。

招揽到了优秀的人才，有了健全的管理体系，还需要一个相互磨合的过程。刚开始时，由于经验不足等问题，很难在外边中标。每次总是鼓足干劲去，悄悄收兵回。杨六平安慰大家，一次两次三次中不到标不要紧，每一次都是一个好的学习机会，要好好总结，好好论证，搞清楚到底是哪一个环节出了问题，我们还必须在哪些方面补短板……

从 2012 年鼓捣到 2017 年，杨六平终于建立、完善、磨合好了自己的公司。现在，公司有高级资质的项目经理 12 人，每人年薪 80 万元；分管预算、技术、材料等的中层管理人员有 14 人，年薪 30 万元；生产、施工的工人有 200 多人，这支队伍，基本上是他从平江家乡带出来的，他每年开给他们的工资便是 2000 多万元。另外，还有一部分人可以拿到分红。杨六平的公司自己控股 80%，剩下 20% 的股份分给了那些技术和管理人员，用杨六平的话说，有钱大家赚。2017 年后，他每年接到的业务总值是 5 亿至 6 亿，盈利 1 亿多，每年都能增加一点，他就这样稳扎稳打地经营着公司。

大家跟着杨六平干，都很开心，大家在一块儿团结、和睦，劲往一处使，有钱大家赚，到了月底，便将大把大把的票子往家里寄。几年间，杨六平的公司，使得家乡平江几百个家庭迅速脱贫，有的甚至走上了富裕的道路。

2017 年，装饰公司步入正轨后，像蜜蜂一样勤劳的杨六平又开始鼓捣另一家公司——绿化公司。

杨六平认为，国家这些年快速发展，建设已趋于饱和，因此装饰行业的发展空间也不会很大了。而绿化事业，却是一个朝阳产业，习近平总书记提出，绿水青山就是金山银山。杨六平说，应该积极响应总书记的号召，把祖国的大好河山装点得更加美丽。

杨六平的家乡平江岑川，是一个山清水秀、鸟语花香的山区，而他现在奔走着的京津鲁地区，因气候条件的制约，每年有几个月难以看到绿色，杨六平认为，在北方发展绿化事业，空间更大。北方广阔的土地上，树木品种单调，难以看到花木葱茏的面貌。杨六平组建起绿化公司，他想将家乡丰富多彩的树木移到北方，让北方辽阔的大地也像他的家乡平江一样美丽。

南树北移，不是件容易的事情。从平江挖一棵树栽到北京，十有八九不能成活，气候的差异太大，树木适应不了。怎么办呢？要让树木在中途有一个适应过程，使其慢慢适应北方气候之后，再移到北京，成活率就比较高了。

杨六平请来专家，通过精准的经纬度计算，最终确定，将这个树木的中转站建在山东临沂。于是，杨六平投资 1.2 亿元，一口气建了三个花木基地，一个建在平江县隔壁的浏阳，培养花木；一个建在山东临沂，浏阳的基地的花木培育好后，运到山东临沂的基地，让它们在这里生长几年，等它们完全适应了北方的气候之后，再将其迁往北京的基地，这样一来，花木十有八九可以成活。

这三个基地，共拥有高级工程师、管理人员、项目经理 36 人，他们的年薪高至百万元，少至 30 万元到 50 万元不等。杨六平同样送给他们股份，他自己只控股 80%，让这些人有积极性，有长久的打算推动公司向前发展。三个基地拥有普通员工 100 多号人，他们大多是来自平江贫困山区的农民。

2020 年，绿化公司的业务额已经做到了五亿多，与装饰公司所差无几。杨六平估计，再过三五年，绿化公司的发展肯定会超越装饰公司。

杨六平说，每当看到他的花木将北方那些荒凉的土地装点得一年四季花木葱茏时，他便开心不已。

一个从平江山区走来，在北京六里桥下车后分不清东南西北的农民，一步一个脚印，从做苦工开始，到跑业务搞推销，再到单打独干承接工程，最后成立自己的公司，成为一个真正的企业家，这条路他走了 25 年。

一路上，他不但让自己摆脱了贫困，而且还带领和帮助几百号家乡农民摆脱了贫困，走向了富裕。如今的杨六平家大业大，他在北京四环以内拥有四栋四层的别墅，还有一栋 3200 平方米的办公大楼，一栋 1200 平方米的员工宿舍楼。另外，他还在河北廊坊建起了两栋七八百平方米的会所……这些只是硬件，他那两家公司的无形资产，当然比他的房产更有价值。

回顾自己的人生历程，杨六平说，首先他要感谢这个大好时代，不是这样的好时代，他就走不出平江的山沟沟；二要感谢大北京，是北京开阔了他的视野，让他跳出了一个农民固有的因循守旧的思维模式；三要感谢开放、包容、豪迈的北京人影响了他，使他不再个性偏执，可以博采众长……他说，他原来相信命，认为一切都是命中注定，小时候那些给他算命的人都说他是一个穷光蛋，现在他不相信命了，他依靠自己勤劳的双手改变了命运。杨六平说，每一个人的命运其实都掌握在自己的手里。

如今，他的命运可以说是有了一个翻天覆地的变化，唯一没有变化的，是杨六平的故乡情怀和农民本色。

尽管在北京住着豪华别墅，但过年时，他都要带着妻儿回到岑川的老宅子。在北京，不管有多热闹，不管进多高级的酒店，都感觉不到过年的气氛。只有回到老家，在那零星的鞭炮声中，在那摆满鸡鸭鱼肉的晚饭餐桌上，在旺旺的火塘边和老母亲聊天，和乡亲们谈一年来的收成和来年的五谷六畜，到村里挨家挨户去拜年，把三亲六眷走个遍：这才是过年的味道。

尽管举家迁进了北京，但杨六平一刻也不曾离开过岑川这片土地。家乡要修路，要搭桥，要建学校，他从来都是慷慨解囊。甚至乡亲们这家有个大病，那家有个灾难来找他，杨六平也从不推辞。而对待自己的生活，杨六平却吝啬得很，从来不乱花一分钱。他说，男人十个有九个是不存钱的，而女人，十个有八个是存得住钱的。因此，钱都交给老婆管着。他除了要陪客户外，其余时间一律在家中吃饭。他除了干活之外，闲暇时光便是陪着老婆在家看电视。他平生最大的爱好就是看球赛。

人都说，男人有了钱就变坏。而杨六平，却依然过着一个本色农民的生活。他说，我吃过苦，不能翻身忘了本，勤俭是我们的根本。我好不容易才有了妻室儿女，有了这个幸福的家，我爱惜都来不及，没有任何理由去破坏它。这便是一个质朴的农民，用他最质朴的语言，表达出的他最质朴的人生态度。

天岳幕阜

平江人有一句俗话：连云山高万丈，只齐幕阜山肚脐上。由此可见，幕阜山在人们心目中之伟岸。

天岳幕阜山是有足够的资本骄傲的，它屹立于湘鄂赣三省交界处，主峰海拔 1596 米，处长江之畔，洞庭湖、鄱阳湖之间，气候温和，水源充足，野生动植物资源十分丰富。它是一座石山，伟岸、挺拔，群山起伏，沟壑纵横，造就了七十二洞天。它文化积淀丰厚，相传女娲在此采石补天，伏羲生于此葬于此，葛洪在此采药炼丹……当然，这些传说毕竟过分缥缈，但历朝历代确有众多文人墨客在此留下诗联，譬如宋朝黄庭坚题诗："山行十日雨沾衣，幕阜峰前对落晖。野水自添田水满，晴鸠却唤雨鸠归。灵源大士人天眼，双塔老师诸佛机。白发苍颜重到此，问君还是昔人非。"这些实实在在的诗句，足以让人真实地触摸到幕阜山跳动的脉搏。山上历来寺、观、庵、宫众多，这些香火也为这座终年云雾缭绕的山增添了几许神秘的色彩。另外，幕阜山还是兵家必争之地，从古至今留下了许许多多的传说和遗迹。

然而，如此神奇的幕阜山，却并没有给生活在这片土地上的人们带来多少恩赐。

山上多石，长不出多少树木，山坡多砂石，那些梯田，那些旱土，都是砂石底，存不住水。一场大雨下来，便是水土流失，三天不下雨，又会干死苗……这是一座贫瘠的山，靠山的人吃不上山。1963 年，时任团中央书记的胡耀邦兼任中共湖南省委书记处书记、湘潭地委第一书记，他到幕阜山考察一圈之后，说了一句话："幕阜山高枉自高，南江百姓没柴烧。"这是对背靠幕阜山的南江人民当时生活状况的真实写照，靠山的人们，莫讲吃山，就连上山去砍点柴烧都指望不上。幕阜山带给南江人民的只有山高路远、贫困与闭塞。

把时光往后推将近半个世纪，在 2005 年的春夏之交，我当时在平江县任县委副书记，作家韩少功想到幕阜山上走走，我陪同他走走停停，在挂在山腰上的一个村庄——大山村住了一夜，这里的夜，依旧是亘古的荒凉。不通公路，不通电，不通电话。煤油灯下，我们和衣衫褴褛的村民聊着农事……

生活在幕阜山区的人们，是典型的端着金饭碗讨米。

20 世纪 80 年代，平江县人民政府也曾对外大力招商，希望借助外界的力量开发幕阜山。有一个台湾老板还真的来了。他花了一天的工夫终于爬上了云遮雾罩的幕阜山。他在山上整整跑了半个月，他被这里的一峰一景，一石一水，一草一木深深地迷住了，于是他下定决心，一定要将幕阜山开发出来。他先花了 400 多万元，将一条毛坯子公路从山下修到了山顶，可惜路一修通他就去世了，他的儿子后面来看过两回，终因感到工程过分浩大而不得不放弃。

后来，国有幕阜林场也想在此开发旅游业，他们在林场里建了一栋招待所，用以接待游客。一些林场职工，也自己攒钱，搭起了一栋栋木屋，或是盖起了一栋栋水泥洋房。但是，这些举措，不可能开发得了幕阜山。幕阜林场依旧发不出工资，幕阜山区的老百姓，依旧摆脱不了贫困的生活。

2014 年 10 月，汪涛出任平江县委书记。此前，他在平江担任过县委副书记兼常务副县长，后调华容县任县长、县委书记。2014 年秋，汪涛二度来到平江工作，他对平江的山山水水可谓了如指掌。汪涛心里清楚地知道，平江要打好脱贫攻坚这场硬仗，就必须充分开发利用平江宝贵的旅游资源。

平江的旅游资源分红、蓝、绿三大板块。红色板块：平江是中国革命的摇篮，毛泽东在此发起秋收起义，彭德怀在此举旗起义，四千多平方公里的土地上，曾走出过52位中华人民共和国开国将军和100多位省部级干部……红色旅游资源十分丰富，已经列入全国三十条红色旅游精品线。蓝色板块：汨罗江贯穿平江全境，253公里的汨罗江，有193公里在平江，屈原魂归汨罗江，杜甫安葬于汨罗江边的小田村，诗人余光中称"蓝墨水的上游是汨罗江"。绿色板块：平江境内有幕阜山、连云山、福寿山三座海拔1500米以上的高山，沟壑纵横，雨水充沛，植被良好，山山如画，村村即景。中央美院著名画家周令钊教授有一句话常常挂在嘴边：我到过许多个国家，世界上只有中国最漂亮，中国湖南最漂亮，湖南平江最漂亮。当然，周老先生这句话可能包含了家乡情结在其中，但平江的山水，确实是非同一般的山水。

汪涛上任伊始，出台了一系列优惠政策和扶持办法，全力助推平江的全域旅游开发，他认为，山清水秀的平江，完全可以打造成武汉城市群和长株潭城市群的一座后花园。于是，从县城到乡村，从高山峡谷到汨罗江两岸，从高山大景区到农家小院，一股旅游开发的热潮席卷平江县全域。

2014年11月5日深夜，汪涛书记给田共兵发了一条信息，希望他来开发幕阜山的旅游，平江的山山岭岭、村村寨寨都沉浸在旅游开发的热潮中，唯独龙头老大幕阜山沉寂着，这不应该……

田共兵接到汪涛书记的信息，兴奋不已。

田共兵何许人也，岳阳市城投集团旅游发展公司总经理。此前，担任过平江县大坪乡乡长，平江县旅游局局长，岳阳楼景区管委会副主任、党委书记。

田共兵对于旅游，有一股与生俱来的激情，似乎天生就是要做旅游开发的。2003年，我到平江县任县委副书记，夏秋之交时，我到大坪乡去搞调研，田共兵正好在大坪乡任乡长。他到会议室来，自我介绍说："我姓田，叫田共兵，田地的田，共产党的共，当兵的兵，是大坪乡的乡长。"

那时田共兵约莫三十来岁。他介绍完自己的名字就开始向我介绍石牛寨，他说，这里有迷人的丹霞地貌，这里的风光不亚于张家界……这话讲了个把小时，似乎他这个乡长是专门管石牛寨的。

那时的石牛寨，还养在深闺人不识，不像现在，石牛寨凭借栈道、玻璃桥、丹霞风光，已经成了网红景区。

秋后，在田共兵的奔走呼号下，我们在石牛寨召开了一个县长办公会，相关县领导和部门都参加了这个会议。记得当时上山的路还是田共兵带领几个农民一路用柴刀砍开的。这个会议，可以说是石牛寨旅游开发的起点。

后来，因为田共兵对县里的旅游开发有思路，有点子，充满激情，县里便研究决定，破格提拔他来担任县旅游局局长。我是分管旅游这一块的副书记，因此便和他有了更密切的接触。

田共兵上任不久，便从岳阳拖了一个名叫罗璜的人来连云山峡谷开发漂流。开始时，我对这件事深表怀疑，一是那么险的峡谷里能不能漂流，二是即便能漂，这么偏远的山区有没有人来漂。

但是田共兵和罗璜都胸有成竹地说：肯定能漂，肯定有人来漂。

他们在连云山峡谷的上游筑了一道坝，将原来的河道进行了一次暗礁清理，买了一些橘色的皮筏子，然后便来请我去试漂。

我是头一回搞这种高山峡谷漂流，水是纯净透亮的山泉水，乘着皮筏子，一会儿从高岩上跌下来，一会儿飞速穿过险滩，一会儿进入平缓的深潭，两岸的山，怪石林立，树木苍郁，这是在咏叹自然，这是在触摸山水，这似乎也是在历险，一个多小时的漂流，心惊肉跳，心旷神怡，余兴未尽……

那一个夏天，连云山的峡谷火爆了，"那山，那水，那尖叫"的广告语挂到了京珠高速、长永高速路的两旁。人们从武汉，从长株潭，从更远的九江、南昌而来，沉醉在连云山这条幽深的，就连阳光都清幽的峡谷里。在这条透明山溪中，一阵阵兴奋的尖叫声，唤醒了平江的大山。

平江的旅游，从这个夏天真正起步，外界越来越多的人开始知道，原来这片红色的土地上，还有如此娇好的山水……

田共兵又组织开发了纯溪小镇、石牛寨景区，这些景区一个接一个地火爆起来。后来又组织开发沱龙峡漂流，将"九龙洞洞天相连，五公里与浪共舞，三百米一泻而下，亿万年无人穿越"的广告牌竖在了京港澳高速上，沱龙峡漂流也火起来了，旅游旺季一天要接待约5000人。再后来，田共兵调到了岳阳市旅游局，到岳阳楼景区担任副主任、党委书记，他硬是把国家5A级景区的牌子扛回来了。

这一夜，田共兵接到汪涛书记的信息后，当即回复"党的兵自然要听党的话"，言语不无诙谐，满腔热情炽热可见。

继而，汪涛书记又找时任岳阳市城投集团的党委书记、董事长邹岳湘对接，希望他能支持幕阜山的旅游开发。邹岳湘是平江南江桥人，他深知"幕阜山高枉自高，南江百姓没柴烧"的苦楚，他更深知南江人民是在捧着金饭碗讨米。邹岳湘当即向汪涛书记表示："岳阳古郡因居天岳幕阜之南而得名，天岳幕阜不但是平江的财富，而且是岳阳的财富，湖南的财富，国家的财富，岳阳市城投集团愿尽自己的绵薄之力……"

第二天，岳阳市城投集团召开专题会议，大家统一了思想，投资开发天岳幕阜山。

第三天，平江县委召开常委会，研究与岳阳市城投集团共同开发幕阜山。

2015年9月17日，岳阳市城投集团与平江县政府签订了框架协议。10月，项目公司注册成立。

值得一提的是，岳阳市政协原主席、平江人赖社光，也为这个项目跑上跑下付出了极大的热情。在多方努力之下，项目在当月便成功入围国家、省、市重点建设项目库，11月获批国家发改委15年期1.41亿元专项建设债券资金。

2015年的最后一天，岳阳城投集团与平江县人民政府终于正式签约。握手，迎新！自2016年元旦开始，天岳幕阜山的旅游开发按下了快进键。

随之，湖南理工学院成立天岳幕阜山文化研究中心，景区总体规划通过专家评审，景区获批国家3A级景区，湖南省伏羲文化研究基地也在此挂牌。

2016年，天岳幕阜山旅游区以最快的速度修好了上山的公路，入选全国优选旅游项目，获湖南省最佳避暑胜地荣誉称号。首届国际道教文化前沿论坛在此举行并授牌天岳幕阜山为国际道教文化前沿论坛中国永久举办地。

2017 年，天岳幕阜山旅游区被列入省重点建设督战项目，《天岳幕阜山》经典珍藏本发行。湘鄂赣三省联手创建"天岳幕阜山全域旅游示范新区"，上山索道动工修建，景区公路向纵深拓展，悬崖栈道一节一节延伸……

田共兵他们一班人一边高起点做规划、搞建设，一边挖掘、整理、研究幕阜山厚重的历史文化和地域风物风情。一年又一年，他们就那样从年头忙到年尾。

随着景区公路和栈道的逐步完善，幕阜山深藏在悬崖峭壁之上，百丈深渊之下的奇丽风光也逐一呈现到广大游客的面前。无论是幕阜山区的当地人还是外来的游客，当他们看到这个更加完整、更加清晰、更加夺目的幕阜山时，无不感慨万千。

田共兵他们还在这崇山峻岭间打造了一个丛林探险乐园——天岳飞龙。这个项目是由法国的团队来打造的，它是目前全球线路最长、种类最多的森林探险运动基地。游客挂在索道上，身体像离弦的箭一般滑出。放眼望去，蓝天、白云、苍松翠柏飞逝而去，耳边是呼啸的山风，脚下是飞流直下的瀑布……

原计划，景区建设用八年时间完成，总投资 24 亿元，到时候，这里将达到日接待游客两万四千人的容量。至 2020 年底，已完成投资 16 亿元，幕阜之名，为绵绵山脉中的湘鄂赣民众所熟知，神圣天岳，吹开历史烟尘。2021 年初，源于天岳幕阜山女娲造人传说日的"中国母亲节"被代表第四次联名向全国人大建议设立。湖南省委宣传部副部长、省文化和旅游厅党组书记、厅长禹新荣在《打造万亿产业的目标 推动文旅产业发展》一文中明确提出要与周边省份共建湘鄂赣天岳幕阜山文化旅游协作区等五大协作区。

"五岳之外有天岳"，这句话随着景区声名鹊起为人熟知，景区阐释其涵义为"天外有天，岳上无岳"。对此，我直至登临一峰顶细细观摩新建的"天道"景观才恍然参悟。从供奉女娲的老母殿拾级登顶，"国家名片设计者"周令钊老先生 101 岁所书的"天道"夺目横卧，原本砂石裸露的防火道已覆盖青草，道路两旁错落有致地矗立着约一人高的麻石，镌刻着全球书法名家义务共书的 81 章《道德经》。这是中国书法家协会副主席、湖南省文联主席鄢福初亲率湖南省书画院历时近三年方才完成，其中中国书法家协会原主席沈鹏老先生与中国书法家协会现主席孙晓云女士都应邀欣然提笔着墨。因名天岳，要义道德，联通江湖，共尊老母，是为"天道"。想想这里原本就被道家尊为第 25 洞天，道家修行的至高境界是"无"，"岳上无岳"的释义自是无比奥妙，"天道"景观起初设计有承载伏羲女娲传说的乾坤坛建筑，现在都"无"，更是一种对天岳的敬畏、对生态的尊重，是田共兵团队一份带有历史责任的有形的"无"。

打造一个以休闲度假为核心，以生态旅游和森林观光体验为载体，以避暑养生为抓手，以特色文化为纽带，集避暑、宗教、休闲度假于一体的国际化、生态化的国家 5A 级旅游景区，把天岳幕阜山打造成中国中部最美的山岳旅游景区，是他们的目标，他们正不分昼夜地朝着这个方向奔驰。

天岳幕阜山一边建设，一边开放接待游客，在建设期间，便创造了 500 多万元利润，这无疑是一个良好的开端。

作为平江旅游龙头老大的天岳幕阜山已经起航，石牛寨、连云山、福寿山，以及众多的乡村旅游项目，都在跃跃欲试，2020 年，全县接待游客 1500 多万人次，全县各旅游景区帮助 2.8 万名贫困对象稳定脱贫，让 11 万人吃上了"旅游饭"。

平江的全域旅游在天岳幕阜山的统领下正在形成。

从小生意到大老板

2020 年 9 月 14 日，随着一声锣响，鱼类零食第一股——华文食品，在深圳交易所成功上市，这是革命老区平江县唯一一家民营的上市公司。

一

华文食品的董事长周劲松，是一个地道的农家子弟，他 1972 年出生于平江县三市镇寨上村。寨上山多田少，地薄人稠，交通不便，是一个典型的贫困山区。

周劲松家人多劳力少，他上有父亲母亲、祖父祖母，还有老祖父，左右有姐姐和妹妹，一家八口人过生活，就靠着父亲一个全劳力挣工分赚饭吃，在周劲松童年的记忆里，年头到年尾锅里尽是红薯丝，看不到几粒米。一到下雨天，家里的大盆小盆都要搬出来接漏，一刮大风，父母便得赶紧将一家老少拉到屋外坪上，生怕大风将那三间裂缝的土屋吹倒。

尽管生活如此艰难，但父母还是咬紧牙关送周劲松读书，读完了小学，又送他读初中，不过每一个学期的学费，硬要等到下一个学期开学才能付清。那时读小学的学费每学期只有 1.8 元，初中每学期是 5 元，但对于周劲松家而言，这也是一笔不小的开支。

初中毕业后，父母本来还打算继续送周劲松读高中，但周劲松读了没多久就不愿意再往下读了，他望着顶着一个大家庭的生活重担，背脊都已经累弯了的父亲，不忍心再往下读。于是，15 岁的周劲松辍学回家，和父亲一道担起了这个家庭的生活重担。

周劲松那15岁的稚嫩的腰杆，还无法承受地里山里繁重的体力劳动。他借了舅舅一辆破旧的自行车到邻近的爽口蜜饯厂去送货。爽口蜜饯厂是一家乡镇企业，他们生产蜜橘、杨梅等食品，周劲松每天早晨去进货，然后送到四乡八寨一家又一家小卖店去销。开始时一天能赚几块钱，但随着跑的路越来越远，销的店越来越多，收入也变得可观。那时候全县有59个乡镇，周劲松除了红桥区没跑到，散布在平江4125平方公里土地上的其他乡镇，他全部都跑遍了。周劲松是一个特别霸得蛮、特别耐得烦的人，他骑着那辆浑身都响的破单车，每天要跑100多公里，屁股上常常磨起一片片火子泡。到后来，他送货的店子居然有300多家，他每天能赚下20多块钱，这不是一般的收入，那时，在蜜饯厂上班的工人每天的工资只有3块多钱。

周劲松骑着那辆破单车跑着蜜饯生意，一家人的生活越来越好，祖母拉着他的手说："只要这红薯丝饭能餐餐将一家人的肚子填饱，我就是死也瞑目了。"

周劲松说："奶奶，我还要让你过上更好的日子。"

二

三年后周劲松不再跑去送蜜饯了，他开始做酱干、贩酱干。酱干是平江的一种传统小吃，1990年前后，有人将这种乡下人做的酱干送到平江以外的岳阳、长沙等地去卖，居然生意还蛮好。于是，周劲松便毅然决定改行，他不再送蜜饯了，而是跟着叔叔学习打豆腐做酱干。三个月后，他在家里开起了一个豆腐作坊，自己起五更、睡半夜打豆腐，然后再将豆腐加工成酱干，再将这些喷香的酱干送到那 300 多家和他建立了联系的小卖店去经销。这样，他稳稳地一天能赚到 100 来块钱。

原来送蜜饯一天只能赚 20 来块钱，现在一下子变成五倍，这个家庭的生活状况大大得到了改善，周劲松告诉祖母："我们家从此不再吃红薯丝了，以后餐餐吃白米饭。"

祖母含着热泪说："我这一辈子做梦也没有想到餐餐能吃上白米饭！"

周劲松每天打着豆腐，做着酱干，然后送到那 300 多家店里去经销，日子过得顺风顺水，他不但使这个大家庭的生活彻底得到了改善，而且他还娶上了媳妇，生了孩子……这日子一晃就是四五年过去了，不知不觉间，平江很多人都做起了酱干生意，做的人一多，市场就饱和了，市场一饱和，竞争就日渐激烈，生意就不太好做了。

直到 1994 年底，周劲松感觉再也不能待在家里这样做了，这已经赚不到多少钱，他决定走出村寨，走出平江去做。

周劲松怀里揣着 3000 元钱，走出平江，来到了长沙，他想在长沙发展。可是在长沙转了几天之后，他发现已经有好几家平江人办的酱干厂了。周劲松离开长沙，坐火车到了岳阳，他在岳阳街上转了几天，发现这里也有好几家平江人的酱干厂，街上的小店里都摆满了平江酱干。周劲松想他必须离开湖南去发展了。

三

周劲松坐船来到了湖北宜昌，又到了襄阳，又到了河南，最后终于在古都洛阳落下脚来，因为这里的经济、文化水平相对较高，更易于接受新事物。而且，这片广阔的土地上盛产黄豆。

周劲松在洛阳城郊寻找到了一家打豆腐的作坊，他对这家作坊的老板说："你有这么大一栋屋，租给我三间用，我要在你这里加工酱皮干，你每天打的豆腐不用挑到外面去叫卖了，全部归我包销。"

作坊老板说："我每天要加工一担豆子，你要这么多豆腐吗？"

周劲松说："莫说是一担豆子，你以后就是每天加工三四担豆子，我也销得完。"

作坊老板说："此话当真？"

周劲松说："一言为定，我们可以签订一份协议。"

于是，豆腐作坊的老板便爽快地租给了周劲松三间房。从此，豆腐作坊老板每天清晨起来打豆腐，然后周劲松便将他的热豆腐加工成酱皮干，再将这鲜香的酱皮干送给批发市场上的批发商去经销。

洛阳人从没吃过这么好吃的、用豆腐加工而成的酱皮干。产品一经上市便大受欢迎，往往是当天送去当天全部销完，经销商总是对周劲松说："你再多加工一点，你有多少，我给你销多少。"

于是周劲松回家将老婆接来了，又请了几个原来帮他做过酱皮干的熟练工，一起带到了洛阳。他让豆腐作坊的老板每天加工两担豆子或三担豆子或四担豆子……周劲松他们七八个人每天都紧张繁忙地在那三间屋里劳作。晚上收摊之后，将铺盖打开睡一觉，早上卷起来，又开始紧张的劳作……周劲松的酱干子名声越来越大，越卖越宽，每天总是供不应求，他能加工多少，市场上就能销多少。

第二年，周劲松离开了这个窄小的豆腐作坊，他租用了一个大车间，建立了一条标准的生产流水线，这样每天都能生产5万至6万元的产品，每天赚到1万多元的纯利润。

十年前，周劲松那时听说哪个乡哪个村出了万元户，便忍不住要去看看，总是感觉万元户好吓人。没想到，十年后的今天，他来到这片一望无际的盛产黄豆的原野上，自己天天都是万元户。

周劲松不断地扩大生产，也远远赶不上市场的增长，他每天生产多少，马上就能销售多少……这种好日子过了五六年，后来，陆陆续续又有不少平江人跑到河南打酱干来了，洛阳周边的农村，不知不觉如雨后春笋般长出了一家又一家平江酱干厂。周劲松开始谋求更广阔的市场，把平江酱干厂开到了江浙、陕西等地。周劲松风生水起的酱干生意在平江当地可谓家喻户晓。2000年以后，平江人一波又一波蜂拥而至，他们不但来到河南，还往河北、山东、内蒙古、新疆等更北的地域进军。至2008年左右，仅在河南做酱干生意的平江人便不下10万，再加上做上游包装、下游服务贸易的，就更多了。

这时，有一些人不再用豆腐加工成酱皮干，而是改用面粉来加工，拌同样的料，但不再叫酱干，而是另外取了名叫辣条。这是因为1998年的一场大水，使得黄豆普遍歉收，黄豆一歉收便涨价，黄豆一涨价，做酱干的利润就薄了，经营不善的人甚至还会贴本。在这种情况下，绝大多数人便不再用豆腐了，他们用面粉加工，成本也就大大降低了。

周劲松没有改做面筋，他还是坚定不移地用豆腐做他的酱皮干子。

虽然利润很低，但是凭着过硬的质量，他的货越走越远，产量越做越高。2000年，为了给广大消费者一个庄严的承诺，周劲松用自己名字中的"劲"字创立品牌——"劲仔"诞生了。此后多年，周劲松的"湘味食品"凭借着巨大的量，每年稳稳地赚五六百万元的利润。

四

平江有名的传统风味小吃，除酱皮干外，还有一种叫火焙鱼的。火焙鱼是将生长在河川、山塘、小溪中那些长不大的小鱼焙干，再用橘皮、茶壳、谷壳熏制而成，煎炒也好，熬汤也好，都是异常鲜香的美味。

周劲松的湘味酱干走红大江南北之后，他又在琢磨着要将家乡的火焙鱼制作成风味小吃，推向外面的世界。

2010年，周劲松回到岳阳，成立湖南省华文食品有限公司，生产加工平江火焙鱼。他将这种有着浓郁地域特色的小鱼加工成一小袋一小袋的休闲口袋食品，人们随时都可以带在身上吃。他的这个产品一经上市，便大受欢迎。

刚开始时，周劲松用河渠、小溪或湖中的小鱼加工成火焙鱼，但这种小鱼有的来自山区，有的来自湖区，有的是在纯净的山溪水中长成，有的是在受过污染的水域长成，原材料的质量很难得到保障，后来周劲松便做了调整，他统一进购在纯净海域生长的新鲜鳀鱼，这便使得火焙鱼的原材料有了根本的保障。一种食品要好吃，无外乎要在两个方面把关，一是原材料要好，二是配料、加工要地道。周劲松将这种在纯净海域里生长的新鲜鳗鱼，按照平江的传统方法加工成火焙鱼，这便成了一绝。

火焙鱼在岳阳、长沙等地火爆还不够，周劲松还要把它推向全国。根据他做酱皮干的多年经验，他将火焙鱼分成了南卤、北酱、东香、西麻、中辣五种口味来打造，然后将它们沿着销售酱干的渠道发往全国各地。

当人们还在一窝蜂搞酱干时，周劲松就这样华丽转身，将火焙鱼做成了主打产品。现在，酱皮干在他的生意中只占到百分之十几，而火焙鱼却占到了百分之八十几的比重。

公司成立以来，他大力引进各方面的人才，2016年成功引进联想控股公司的投资，并开始搞资本市场的运作。

与此同时，他的华文食品通过了国际、国内各项最严格的卫生认证。

2020年9月14日，华文食品在深交所成功上市。上市，是周劲松事业发展的一个里程碑，也成为他新的起点，接下来，他将要用多种品种发展华文食品。例如，平江的老字号——长寿酱干，周劲松便极想将其打造成一个在全国叫得响的品牌。

据《平江县志》记载，长寿酱干在清朝便是皇家贡品，它要用长寿街的井水打豆腐，要用鸡汤熬豆腐，然后再拌料，用橘皮、谷壳熏制，其工序十分繁杂。周劲松认为，遵古法炮制长寿酱干不仅仅是打造推销一种产品，更重要的是为了抢救挖掘一方水土的文化遗产，这是使命和责任。

五

周劲松的曾祖父跟随彭德怀的队伍东挡西杀，于 1930 年壮烈牺牲在开赴井冈山的途中——平江大龙乡。

红色基因深植于周劲松的心田，作为一个企业家，他任何时候都谨记自己的社会责任与担当。家乡修路、架桥、建学校、扶贫救困、捐助教育基金，他从来都是毫不吝啬、慷慨解囊。到目前为止，据不完全统计，他已向社会各界捐赠 1800 多万元。

2015 年，为了让革命老区平江尽快摆脱贫困，平江县委、县政府提出了"引老乡、建家乡"的精准扶贫举措，周劲松得知后，积极响应政府的号召，立即与政府相关部门对接，表达了愿将企业搬回平江，与老区人民一道攻坚脱贫、共建美好家园的愿望。

周劲松对股东们说，平江人为了新中国的诞生，做出了惨烈的牺牲，25 万英雄的平江儿女付出了自己宝贵的生命。现在平江老区还是国家级贫困县，许多人因为各种条件的限制，依然生活在贫困线以下，有的甚至还没有解决基本的温饱问题……我们的企业现在有资金、有技术、有产品，我们应该搬回平江去与家乡人民共同奋斗，帮助他们尽早摆脱贫困……尽管，我们在一些方面要做出牺牲，但是我们应该要有这方面的担当，这是我们应尽的社会责任……

周劲松将股东们一一说服了，他的企业率先搬回了平江伍市工业园。回来后的华文食品，80% 以上的员工都是来自贫困山区的农民，公司对这些入职的农民进行了耐心的技能培训。自 2015 年以来，累计培训超过 15000 人次，培训课时超过 1000 小时，培训经费 100 多万元，培训内容包括研发、加工、生产、流通等。

截至 2020 年 6 月，华文食品通过提供就业岗位、给予订单支持、直接帮扶等方式，累计带动农民增收 3 亿多元，带动山区农民 1 万多户，户均增收 3 万多元。其中，华文食品直接帮扶的贫困户有 1000 多户。

2017 年以来，华文食品员工年度薪酬均高于岳阳市在岗职工平均工资 10%。2019 年，华文食品的员工平均年工资已达到 8.35 万元。一个贫困家庭有一人在华文食品务工，便能使这个家庭走出贫困，如果夫妻俩同时在华文食品务工，很快便能使这个家庭走向富裕……华文的稳定发展，带领着一万多个家庭稳定脱贫。

近些年，华文食品通过自建原材料基地、全程化冷链运输、精细化仓储、智能化生产、全球化营销等，不断完善智能供应链体系，并积极推进食品溯源系统建设，确保食品安全和品质。目前，华文食品线下合作经销商有 1000 多家，与家乐福、沃尔玛、华润万家等多家知名连锁商超达成稳定的合作关系。

2017 年至 2019 年，华文食品实现营业收入分别为 7.67 亿元、8.05 亿元、8.95 亿元，实现净利润分别为 7566.19 万元、1.15 亿元、1.18 亿元。2020 年，虽受新冠肺炎疫情影响，但华文食品仍保持稳健发展。

华文食品就这样稳健地行走在平江这片红土地上，与老区人民同呼吸、共命运，豪迈地带领千家万户走出贫困。华文食品将与家乡人民一道，去迎接一个更加辉煌灿烂的明天。

扶贫救困二十年

2020 年，广东统力电源集团董事长、广东省湖南平江商会会长童育林，被评选为湖南省"百名最美扶贫人物"之一。

童育林在湖南省算不上大老板，就是在平江县也不一定能排进大老板行列。但老板不在乎大小，而在乎他有没有一颗大爱之心。童育林二十一年如一日，以寸草之心，为平江老区的父老乡亲尽早走出贫困尽着自己的一份绵薄之力。

一

1971 年 10 月，童育林出生于平江县清水乡金花村。父亲童模章、母亲钟校贞都是地道的农民。父亲 1976 年大病一场，十来年后才基本康复；母亲聪慧贤良，善于操持家务，还能做缝纫，夫妻俩恩恩爱爱，养育了四个儿子。在那个年代，夫妻俩齐心协力，不但将四个孩子都养大成人，而且还经常从自己的牙缝里省出一点钱来接济那些挨饿受冻的人。爷爷是最重要的劳动力，为儿孙辛劳一辈子，1993 年离世，可以说没有享到后辈的一点福！

童育林是老二，他印象最深的一件事是母亲从不丢弃补了还可以穿的衣裤！哥哥长高了，衣裤短了，母亲便缝缝补补给童育林穿，童育林的个子长高了，母亲又缝缝补补给老三穿，老三的个子长高了，母亲又缝缝补补给老四穿，等到老四也长高后，那衣服母亲还是舍不得丢，她又用缝纫机缝缝补补，补好后送给村里那些少衣穿的孩子。

那时候，村里经常有人家一早起来揭不开锅，主妇只好端簸箕，挨家挨户去借米、借盐。有时候，跑上十几二十户人家，也借不到半升米，因为大家的日子都紧。而母亲，哪怕自家米缸里只剩了一升米，也要匀出半升借给人家。

俗话说，一张床不睡两号人，父亲和母亲一样，同样有着一颗仁厚之心，村里修桥铺路做公益，从来就不缺父亲的身影。父亲常说，修桥铺路，子孙一大路。在父亲的心目中，积善行德是天道。

童模章、钟校贞夫妇，凭着过人的吃苦耐劳，不但将孩子们一个个养大了，而且还送他们读了书，一个都没落下。

童育林在清水中学读了一年书后，在姑父的劝说下，从初二开始转到平江一中读书，这是平江县最好的中学。

平江一中离清水乡金花村有二十几里地，童育林在学校寄宿，周六回家，周日背着米，还有母亲准备的霉豆腐、辣椒酱或炒菜回学校。

自从走进平江一中的大门之后，他沉浸在这学习氛围极好的校园里，将全身心都用在了学习上。1989 年童育林以优异的成绩考入了天津大学电化学专业。

他能以这么好的成绩考入这么好的学校，全家都高兴得不得了，三亲六眷以及乡亲们也纷纷前来道贺。但童育林却隐隐能感受到，父母亲的笑容多么沉重。他考上了大学，也意味着这个家庭又增加了一份几乎是难以承受的负担。

童育林背着行李，挥一挥手，第一次走出了平江的大山。

他在天津大学的生活是十分清苦的，家里给的那一点钱，根本不够吃饭和购买学习、生活用品。但他不能再开口找父母亲要，他清楚地知道，他的下边还有弟弟在读书，父母亲给的这些钱，已经是他们从牙缝里挤出来的了。靠守着那几丘薄田，喂养着几头猪，家里只有这个收入。

熬过一个学期之后，童育林想，他不能再这样苦熬了，他得自己动手想办法。在反复寻找活计、思考各种途径之后，他最后选择了修理手表，他以最快的速度学会了这门手艺，然后，中午、傍晚和星期天，他便在校园里摆起了修理手表的摊子。

这个摊子摆出之后，每天都有生意，少则赚到几块、十几块钱，多则一天赚到四五十块。这个修表的摊子，意义不仅仅在于解决了生活费，还在于它给了童育林一份信心，它有力地证明，童育林对市场的判断是正确的，他是完全有能力靠自己的双手去改变命运的。从某种意义上说，这个修表的摊子，为童育林以后闯荡商海，起到了强有力的心理支撑作用。

读大三时，有一天童育林下课之后，正准备到宿舍门口去将修表的摊子摆开时，他突然收到了一份电报："母病速归。"

童育林一下子感觉从头冷到了脚，他不敢相信这份电报，因为母亲的身体很好，几乎没生过什么病。来不及思索，他回到宿舍收拾完行李便往火车站跑。坐火车，转一道又一道的汽车，他在第二天夜里赶到了家。这时，母亲已经摆在了灵堂里，她是因意外的交通事故而亡，家人给童育林发电报的时候，其实母亲已经去世了。

母亲是这个家庭的顶梁柱，要调家理事，料理家人的一日三餐，要缝补浆洗，料理一家人的寒暖……母亲去世后，一家人沉浸在巨大的悲痛之中。

父亲含泪写了一篇《爱妻颂》，追忆妻子在世时的千般好处，抒发心中的万般苦楚……他在妻子的灵前庄严承诺，他一定会硬朗地撑起这个家，他一定要帮每个孩子带孙儿……

后来，父亲将他写的这篇《爱妻颂》刻在了妻子的墓前。

1993 年，童育林从天津大学电化学专业毕业，分配到了广州蓄电池厂，每月的工资是 600 元。

为了赚更多的钱，帮衬父亲担起家庭的重担，让最小的弟弟顺利完成大学学业，童育林不久便跳槽到了江门一家私企老板办的蓄电池厂，在那里他每月能拿到一千多元的工资。

在江门工作两年之后，童育林又辞了职，他开始做蓄电池买卖，后来又自己开厂组装摩托车电瓶出售。这就是 1999 年童育林办的第一个工厂——广州龙升蓄电池厂。

1999 年童育林回乡过年时，到他读小学的金花小学给每个老师送了 500 元的慰问金，又给本生产队 60 岁以上的困难老人每人送了 100 元的压岁钱。这一年，童育林刚刚开始办厂创业，他手头还一点都不宽裕，但不管钱多钱少，这代表的是他的一片心意。母亲在世时，尽管自家也过得很艰难，但她总是乐善好施，想尽一切办法去帮助那些需要帮助的人。母亲的善良仁慈，潜移默化地影响了童育林他们几兄弟。他们都相信，对母亲最好的怀念，便是多做好事，多去关心帮助那些需要帮助的人。

创业之初，童育林便给自己立下了一条规矩，每年都要从收入中拿出百分之一来做慈善。现在一晃 20 多年过去了，童育林每一年都在践行自己的诺言。事实上，他拿来做慈善的钱，已经远远超出了他收入的百分之一。

2006 年，有了一定经济实力的童育林，在白云区龙归镇自己建起了一座 3000 多平方米的工厂，搬迁到新厂后，成立了广州市统力摩托车配件有限公司。2010 年，他又在韶关翁源征地 80 多亩建厂，成立了广东统力电源科技有限公司。也就在这一年，由童育林研发的智能机动车充电系统和蓄电池检测仪获得国家专利，可数字化判断汽车和摩托车充电系统是否正常，判断蓄电池是否正常。这样，便大大减少了蓄电池误退现象，解决了蓄电池误退的行业难题。

2013 年，童育林又在白云区龙井东路设立总部，2014 年在韶关市龙归镇收购了韶关市领航电源科技有限公司，2015 年在清远龙湾电镀基地建电镀厂，2018 年又开始搞太阳能……踏着如歌的行板，广东统力电源目前已经发展成一家集团公司，下辖广东统力电源科技有限公司、韶关市童氏电源科技有限公司、广州统力新能源有限公司、清远市清新区铭恩电镀有限公司、孟加拉统力公司，总占地超过 17 万平方米，有员工 1500 多人。目前主要生产铅酸蓄电池、太阳能发电系统等。广东统力是中国电器工业协会铅酸蓄电池分会理事单位，是我国主要铅酸蓄电池生产企业之一，年生产摩托车蓄电池 1000 多万只，在全球名列前茅……

现在，统力集团有 6 位天津大学校友，他们是企业的核心团队，致力于生产更长寿命、更高性价比的铅酸蓄电池。

统力是全球首家将冲网极板生产技术应用到摩托车蓄电池生产的工厂，对比传统的拉网板栅和浇铸板栅，冲网板栅没有易腐蚀点，能使蓄电池寿命增长 30% 左右。未来公司还会将该技术推广应用到汽车蓄电池的生产。凭借专业领先的技术开发实力和高效稳定的客户服务，统力集团先后与东风汽车、力帆摩托、隆鑫摩托、宗申摩托达成友好合作。

童育林在率领着他的团队，使产品质量不断提升，领域不断扩大，产值不断增长的同时，非常注重企业文化的打造和员工素质的提高。他积极弘扬中国传统文化，亲自带领广大员工学习《弟子规》以修身，学习《朱子家训》以处世，学习《礼运·大同》篇以立志。坚持践行"以客户为中心""以奋斗者为本""坚持自我批判"的企业精神。

随着企业的不断发展壮大，童育林的扶贫济困之路也在不断拓展延伸。自 2000 年起，他每年回乡过年，都要去看望慰问本乡敬老院的老人和本村的五保户、低保户、贫困户。他还出钱修缮了村里那些多年失修的山塘水圳，硬化了村里的主要公路，并在路两边装上了太阳能路灯。后来，他又一次性拿出 230 万元捐建了村里的饮水工程。

清水中学和平江一中是童育林的母校，他的心里一直惦念着这两所学校。他在清水中学和平江一中度过的日子是苦涩的，因此，他下决心要为今天在那里学习的孩子创造更好的学习条件。

2015 年，他拿出 123 万元，将平江一中校门前以及校园里的道路全部修缮一新；他组织广东省平江商会的校友们捐款 100 多万元，在平江一中新建了 41 个多媒体教室。2016 年，他又在平江一中捐建了一座太阳能电站，其发电收入用来奖励学校的优秀教师。2017 年，"大爱平江"扶贫助困慈善协会成立之初，童育林就加入了。第一年他向协会捐赠了 3 个耗资 105 万元的太阳能电站，每年能产生超 20 万元的效益。他说，这些效益会全部用于平江的扶贫事业。

2015 年，他发动校友众筹 20 多万元，为清水中学建立起十几个多媒体教室，也就从那一年起，他每年都要根据清水中学老师在该校的任教年限和教学质量发放奖金 5 万元，以鼓励那些长期坚守在贫困山区任教的优秀教师……

童育林不是什么大老板，但他却几十年如一日，尽自己所能，为改变家乡的贫困状况，为发展家乡的教育事业尽自己的一份力量。这些年来，他累计捐出 1100 多万元。这不是一个很大的数字，但这是童育林的心血，也是我们这个伟大时代脱贫攻坚乐章中一段动听的音符。

从打工妹到亿万富姐

一

张佐姣是读高二时失学的，此前她靠提篮小卖赚一点学费，但这一年，母亲再也供不起她的生活开支。因为她下边还有三个妹妹、一个弟弟也要读点书。

尽管她每个学期都是全班第一名，尽管她能歌善舞，但她还是失学回家了。

失学了。一切对未来的美好想象，一切梦想，支撑到这一天，都像肥皂泡一样破灭了。

七月，繁忙的农事接踵而至。她神色木然地和村里人一道起早贪黑，去收割稻子，去扯秧插秧，去大田里撒粪……繁重的体力劳动也不能减轻她心灵的痛苦。夜幕深垂时，她疲倦不堪地倒进小黑屋里的床上，却怎么也睡不着。脸上的泪珠，映着小窗外清冷的星光，一夜，又一夜……

那一夜，她终于从床上爬起来，将小油灯点亮，写了一封信。她有一位中学女同学，在县劳动局经过短暂的劳务培训后，到深圳打工去了。她在信里告诉那位同学，她也失学了，也想出去打工……

这封信发出去半个月后，她收到了同学的回信。同学告诉张佐姣，她在一家大酒店里做事，每月能挣三百元。如果张佐姣想去，老板一定会留下她的，因为她读到高中了，长得漂亮，又能歌善舞……同学还再三地叮嘱，去的时候一定要将初中毕业证书、唱歌跳舞体育方面获得的各样奖证，甚至成绩单和"三好学生"证书都一块儿带上……还有，必须要到县里举办的劳动就业培训班去参加一期培训，拿到结业证之后再去。

读完信后，张佐姣那长久以来木讷沉闷的脸上，露出了一抹久违的笑容。遥望南方，在那巨浪排空的大海边，有一幅色彩绚丽的图画正向她展开，她已下定决心，要到那儿去闯荡……似乎，冥冥中有股力量在指引她，南方的海边，将是她的生命大放异彩的地方。

她到县劳动局参加了为期一个月的劳动就业培训班，拿到结业证之后就离开了家。

长途汽车在九曲回肠、千回百转的山区公路上奔驰着。一颗十六岁的心，在这车上像汹涌的大海一样澎湃，她早已飞出了重重大山，飞向了远方的大海边。

汽车开了一天，终于出了大山，开进了省城长沙。在这座陌生的城里，张佐姣不敢过多地流连，她小心翼翼地从汽车站走到火车站，又去排长队购买南下的火车票。好不容易将车票买到手后，便蹲在车站的广场上守候，守了整整一夜，终于轮到她上车了。

她挤在那满是民工的车厢里，站了整整一天一夜，没吃一顿饭，甚至连水都没喝一口，但她似乎并没感觉到饥渴，她那火热的心随着"哐当哐当"的列车行进声一起跳动……

在一个无限明丽的早晨，她终于踏上了深圳的土地。深圳的街啊，是那么宽敞明亮，繁华富丽！深圳的花木啊，是那么葱绿，那么鲜艳！深圳的天空啊，是那么湛蓝，那么幽深……她深深地陶醉在大海边这座美丽的城市里。

她很快找到同学所在的那家大酒店，一见面，两人都禁不住热泪盈眶，紧紧地拥抱到了一起。

休息一天后，同学领着她走进了总经理办公室。

总经理认真地翻看张佐姣的初中毕业证、"三好学生"证书、劳动就业结业证……同学在一边介绍说："总经理，佐姣在校读书时，是我们全年级的尖子生呀！每次考试，平均成绩总是在 95 分左右，她还是文艺和体育方面的尖子，唱歌、跳舞都在县里得过奖。"

"好好好……的确不错。"总经理抬起头，又将目光落到了张佐姣身上："我们录用你了，先试用三个月。从明天起，你就可以上班了，到餐厅做服务员。"

走出总经理的办公室，她高兴得拉着同学的手想蹦跳几下。没想到，一切会这么顺利。

当天夜里，她便给千里之遥的母亲写去了一封信。

崭新的生活，就从这一天早晨的八点钟开始了。她被安排在餐厅干活，学着端盘子、叠餐巾、摆碗筷盅盏、上酒水茶水、收拾碗筷、抹桌子、擦地板……

愉快的工作中，一个月一晃而过，当她头一回领到三百元工资时，她是多么高兴啊！她迫不及待地上街去买了一身夏天穿的衣服，再除去一个月的生活费，便只剩六十元了，她将这六十元一分不剩地寄给了母亲。

第二个月，当她又领到那三百元时，就没给母亲寄了，她给母亲去了一封很长的信，她告诉母亲，她已经在深圳这边报考了商学院的研究生函授，同时还在英语短训班参加夜校学习，她要交学费、买学习资料……

二

20世纪80年代的最后一个春天里，张佐姣终于拿到了那张函授的研究生文凭。她满脸春风，第一次跨过罗湖桥，踏上了香港的土地。怀着满腔热血的张佐姣，早就向往着香港这片神奇的土地，在一位朋友的竭诚相助之下，她几乎是不假思索地毅然辞去原来的工作，揣着六十六元钱，昂首阔步地走过了罗湖桥。

她的脚步暂时在一家西餐厅里停留下来了，朋友给她在这儿找了份服务员的工作。这份工作和她之前在酒店餐厅里做的差不多，抹桌子、擦地板、摆碗筷、叠餐巾、上酒水茶水……这一切她早已做得娴熟。

她那出色的工作，她那温文尔雅的举止，她那落落大方的谈吐，使她很快便在这家西餐厅里深受顾客的欢迎，倍受老板的器重。然而，张佐姣志不在此，她从深圳跑到香港，并不是为了来做一名西餐厅服务员，为了多赚几个工钱。她只打算在这儿短暂地停留一会儿，她向往着更有挑战性的领域。

每天一下班，她便四处寻找，打探……半个月后，她终于在一家房地产公司找到了一份当推销员的工作。

房地产公司的推销员，其职责无疑是将公司的房产推销出去。张佐姣和其他推销员一样，起早贪黑，四处去宣传公司负责的房产，鼓动人家来买这儿的房子。她伶牙俐齿，把公司负责的房产说得头头是道，说得锦上添花……然而，一个月奔走呼号下来，却只做成了一笔生意，为公司推销了一套住房出去，而别的推销员却少则几套，多则十几套。

老板笑着对她说："怎么样，你干不了就算了吧？"

"我就想不通，为什么人家能推销出去，我就推销不出去呢？"

老板说："这说明你不适合干这个事，不是吃这碗饭的人。"

"不，老板，我求你留下我再干一阵子，我就不相信我干不好这个事。你看，我的广东话明显有了长进……"

公司的女经理对她说："如果你硬是想搞这个事，就慢慢学着吧，急不得。你聪明伶俐，我想你一定会学好的。"

"好，经理，我诚心诚意跟你学，从今天起，我就算是向你拜师了。"

女经理开怀一笑："好，我就收下你这个小徒弟了。"

女经理长得漂漂亮亮，风度翩翩。张佐姣自从和她认识的那一天起，便觉得两人很投缘。张佐姣爱唱歌跳舞，女经理也爱好唱歌跳舞，周末她们就一块儿到舞厅跳舞。

张佐姣如饥似渴地向女经理学习着。有时，女经理外出处理业务，她也陪着一块去。她在一旁观察着经理怎么与人打交道，怎么说话，怎么应酬，怎么把握分寸，怎么将房产推销出去，怎么将人家说动心……

张佐姣从心底里佩服这位精明强干、善于交际的女经理。她原以为自己获得了商学院的硕士学位便懂得经商了，现在跟在女经理身边学习时，她才真正懂得了经商的含义。

这位女经理是张佐姣初涉商界的第一位启蒙老师。

跟随女经理工作生活一段时间后，悟性极高的张佐姣终于找到了感觉，她的广东话越来越流利纯熟了，与人交谈更方便自如了，她的推销工作也不知不觉顺利起来了。

一个月下来，连张佐姣自己都不敢相信，她的推销业绩居然一下子排到了全公司第一名，这让所有人都大吃一惊。

然而，尽管她进了这个门，取得了这么好的成绩，但一个月后她却又跳了槽，她决定去经营一个楼梯口。

三

这个楼梯口，其实是大街边一个仅能容纳一人坐下的小门面，它主要负责房产租务中介。有房产要出租的房东或想要租用房产的房客，都到这个楼梯口来联系。租赁合约达成后，楼梯口便可得到一笔费用，人们通常把它叫作"应急费"。

这一片街区里，住着上百万人口，从事租务中介活动的就这么一个楼梯口，守着这个楼梯口的，是一位六十多岁的老人。

张佐姣自从来到香港，开始搞房产推销，几乎每天都要打这楼梯口经过，每一天早晨从楼梯口经过时，她总是老远便笑着招呼一声："大爷您早啊！"

老人也亲热地朝她笑着招呼一声："张小姐你也早！"

晚上归来时，她依旧是笑着迎上去问候一声："大爷您还在忙吗？"

"嗯，张小姐你也还在忙啊。"

日复一日，来来去去里，他们就这么互相问候着。

偶尔，有了闲暇的时光，张佐姣也在老人的楼梯口前逗留一会儿。老人说："张小姐，你坐一会歇歇脚吧！"

张佐姣便坐下来了："大爷您忙您的。"

"不忙，我给你倒杯水。"老人忙倒了水来。

"真是太谢谢您了。"

"谢什么呢，我正闲着没事，想找个人闲聊呢！"

这一聊便是老半天，老人闲下来的时候，总是喜欢有人能陪他聊天。佐姣是极受老人欢迎的客人，一坐下来，他们便海阔天空地闲聊着街坊里的人事，市场上的物价，房地产的起跌……

有一天老人突然跟她说："张小姐眼下如果没有什么合适的事情做，可以试试来经营我这个楼梯口呀。"

"您老不是经营得好好的吗？"

"我已经干了十多年了。岁数大了，不是头痛便是腰腿痛，我不愿意再奔波操劳了。这些日子，我一直在琢磨，想找一个合适的人来接手经营，可是总也找不到一个能让我放心的人。张小姐若是有兴趣，这是最好不过了，你熟悉房地产行业的事，又伶牙俐齿能说会道，待人接物热情周到，你肯定能将这个楼梯口经营得红红火火。"

"大爷，这我当然求之不得，只是我怕搞不好。"

"张小姐你不必担心了，生意在于做，你头脑灵活，这生意一做就会红呀！不是看准了你这个人，我还不会放手呢！"

张佐姣笑了笑："既然大爷这么器重我，那我就试试看！"

于是，张佐姣就这样坐到了这个楼梯口。她从这个只容得下一个人的楼梯口里起步，从此一步一个脚印，开始走向她的辉煌岁月。

她的热情、真诚、友善，换来了人们的信赖。没多久，几乎社区里所有的人，男男女女老老少少，都熟识了楼梯口里这位又漂亮又热情的姑娘。由于她说着一口地道的粤语，人们甚至根本没有想到过她是外地人，还以为她是土生土长的香港人。

极好的人缘，造就了楼梯口生意的红火，头一个月，她的收入是老人经营时的两倍，第二个月，她竟赚下了相当于老人六倍的收入……如此兴旺的生意，就连张佐姣自己都惊讶不已。坐地分红的老人，更是目瞪口呆，他经营这个楼梯口十几年来，做梦都没有想到过，这里有朝一日会被一个湖南妹子经营得如此红火。

就在经营这楼梯口的日子里，她未来的先生闯进了她的生活。

四

那个窄小的楼梯口，张佐姣整整经营了三年时光。这是难以忘怀的三年，通过这个窗口，她和社会各界有了广泛的交往。通过这个窗口，她将自己磨砺得更加成熟。也是通过这个窗口，她拥有了完美的爱情。当然，通过这三年的经营，她也拥有了一定的原始积累。

楼梯口经营到第三个年头的时候，张佐姣的声音有点沙哑了。每一天，她就是那样无休无止地说呀，说呀！一天又一天，一年又一年不停地说，说到这一年的冬天，她那清澈的嗓音似乎再也支撑不住了，突然变得沙哑起来了。开始张佐姣以为，过个三五天，顶多十天半月便会恢复过来的。她没将这当一回事，每天还是一如既往地坐在楼梯口里，滔滔不绝地从早说到晚。

十天半月过去了，一个月过去了，两个月又过去了，嗓音不但没有恢复过来，而且一天比一天沙哑。这时，她不得不去看医生了。

医生给她做了一番仔细的检查之后，断然告诉她："你不能那样从早到晚无休无止地说话了，再这么说下去，你将再也发不出声音来。你的声带已经受到严重损伤，需要长时间好好地疗养。"

张佐姣大吃一惊："那我这生意还怎么做呢？我这个生意，就是靠说话才做得成呀！"

医生说："那你改行吧，把嘴巴停下来，去做一些动手、动脑的事业。我不是吓唬你，你这声带由于长期超负荷作业，已经受到了严重创伤，三年两载都难以恢复过来……"

医生的一番话，让张佐姣从头冷到了脚。楼梯口是无法经营下去了，可不经营楼梯口，又去从事一项什么样的只动手动脑筋不动嘴巴的事业呢？

张佐姣无可奈何地回家休息了。

然而回到家还没来得及疗养几天，就有人跑上门来请她出山了。这是一家大公司，在临海的黄金地段征收了一大片地皮，准备在那儿盖起一片别墅，再推销出去。他们急需寻找一位精通房地产业的人来担任公司的总经理。他们四处寻访，后来，在许多人的推荐之下，公司董事长便亲自来到张佐姣家请她出山。

听董事长说明来意，张佐姣婉言谢绝了他："谢谢贵公司看得起，只是我目前这嗓门不听使唤，暂时无法出去工作。"

"张小姐，其实你来出任我们公司的总经理，并不用说很多的话，只需要你指点一下，筹谋一下就行。这个工作，正是你想做的那种动手动脑的工作呀！"

张佐姣笑了笑："说实在的，你这么大一个公司，这么大个摊子，我没有一点思想准备！还怕管不好呢。"

"你经验丰富，又精明强干，一定能管好。"

张佐姣思忖良久，然后回答他说："你先让我考虑考虑。"

这位董事长走后，张佐姣的心里一点都平静不下来了，她没想到她在地产界已经有了这样的知名度，大家会这么推举她。但转而又想，这家公司毕竟太大，她从未经营过这么大的摊子，万一弄不好……

她和先生商量这事，先生的态度很明确，他说："你恐怕不适合这个工作。"

张佐姣还在犹豫不决的时候，那位董事长又上门来了。他一进门便笑呵呵地说："张小姐，我这是三顾茅庐呀！"

"董事长，我真的还拿不定主意呢！你那儿的摊子太大，我没有经验，心里一点底都没有。"

"张小姐，你别再犹豫了，我着急呀！只等着你去上任哩！"

"再说，我这嗓子，你一听就知道还没好呢。"

"我说过了，不用你多说话，只需你指点江山便行了。"

于是，容不得她再三犹豫，这位热心的董事长就将她匆忙地拉上了任。

匆匆走马上任，她到各个部门、各个工地转了整整一个星期，然后便大刀阔斧地开始行动，该清理的清理，该整顿的整顿，该调整的调整……一个月下来，一个杂乱无章的大摊子，在她的调摆下不知不觉地走向了井然有序。于是乎，一个泼辣、豪爽、精明、果断的女总经理形象，很快便树立起来了。

每一天，她都那么繁忙，每天清晨出门，总要忙到天黑甚至深夜才能回家。她先生说："你这个总经理是怎么当的？怎么会忙成了这个样子呢？"

"其实，一切都走上正轨后，也就没有多少事情了，只需要每天按部就班，处理一些日常事务。"

"那怎么会忙成这样哪？"

"主要是忙于应酬啊！这样的大公司，一天到晚，总有忙不完的应酬。"

先生笑了笑："让他们去应酬便是了，你去凑什么热闹呢？"

"有你说的这么轻巧就好了。不但餐餐非得去陪，而且去了还非得喝酒，逃都逃不脱，喝完酒有时还得陪着去唱歌……你看我，从早到晚都是一身酒气。"

"这种早酒晚宴的生活，你适应得了吗……"

"我也正想跟你商量商量，这样大部分时间都泡在酒席上，根本就不像在搞事业。"

"这个只能你自己选择，如果确实感觉这样混着无聊，你就辞职算了。"

"我确实是不想再干了，一来从早到夜地太累，二来这样太无聊，我还是想另外干一点自己想干的，有意义的事情。"

先生肯定地说："你这个想法很好，我完全支持你。"

于是，任总经理还不到半年，张佐姣便将辞职报告送到了董事长的手上。

五

张佐姣辞去大公司的总经理之职后，便待在了家里。

早晨，她慵懒地睡到很晚才起床，从从容容地洗漱过后，再冲一杯牛奶，坐在客厅的沙发上或是阳台的摇椅上，一边喝牛奶一边翻看各种晨报，然后再去打扫屋子。

当屋檐下的那缕阳光推移到墙根下时，她去给先生打电话，约他到某个店子里去吃午餐。他们要几道可口的小菜，有时甚至还要一杯红酒、一杯香槟或是一杯柠檬汁。

饭后他们到海边的草地上去走一会儿，让阳光晒着，让海风吹着。下午如果先生不上课，他们便到海里去游泳，或是去打一场网球。如果先生有课，她便一个人回到家，再慵懒地睡上一觉，她睡得那么踏实，似乎奔波岁月中长久以来的睡眠不足，都在这一个时期得到了补偿。睡一觉起来，下午的时光用来读书，经济类的、政治类的、文学艺术类的，她为自己列了一个长长的书单，以往匆匆忙忙的日子里，许许多多想读没来得及读的书，这回她要一心一意地、全面系统地将它们通读一遍。

这种闲适恬淡的日子，张佐姣整整过了半年。

夏天很快便过去了。一个秋高气爽的日子，有一位姓雪的小姐到张佐姣的家里来了。这位雪小姐是以前张佐姣在楼梯口工作时认识的。

"雪小姐，是什么风把你吹来了哟！"张佐姣喜出望外地将雪小姐迎进了屋。

"好些日子没见到你了，我想你，今天有了空，便特地跑来看看你。"雪小姐拉着张佐姣的手，从头到脚把她仔细打量了个遍。

张佐姣感叹道："真的转眼就一年了，这日子过得。"

"张小姐，我是无事不登三宝殿，有事才到贵府来。如果你还没打算去搞别的事情，要不要考虑一下我们合伙开一家房地产公司呢？"

张佐姣笑了笑："我没有想过要开公司。"

"张小姐，只要你肯出山，我们就一定能够成功。你的经营才能，我确实打心眼里佩服。"

"雪小姐，我也很愿意和你在一起合作，我想和你合作应该会很愉快。"

"你答应下来啦！"

"我再想一想吧！再说，还要和先生商量一下。"

"好吧，我等着你的回音。"

第二天早晨，张佐姣便给雪小姐去了电话："告诉你一个好消息，我先生完全支持我们的合作。"

"太好啦！我们马上开始行动吧！"

于是，短短几天的紧张筹备之后，她们公司的招牌终于亮出来了。

张佐姣又精神抖擞地投入紧张的工作中去了。她穿行于大街小巷，满面春风，如鱼得水地和老顾客、新顾客们交往着。

一个月下来，她和雪小姐便获得了意想不到的利润，她们都为此而感到兴奋不已。生意就那样顺顺当当地做下去，越做越往旺处去。

雪小姐感慨万千地说："张小姐，你真是房地产界的一个精灵！"

张佐姣一笑："雪小姐可别瞎吹。"

"怎么不是呢？你经营楼梯口时，楼梯口的生意红得不得了，你一撒手，人家接着做，生意不如你那时的一半。如今我们这生意才开张，眼看着又火起来了，你说你是不是一个精灵。"

"我这个人，只是肯干，无论做什么事情，都十分投入。"

"不仅仅是这样。最主要的，你是一个有生意缘的人。换句话说，你这个人的人缘极好。你跟人打交道，总是使人感到那么亲切，一句话从你嘴里说出来，硬是要比我们这些人说出来的中听得多。这是一门艺术，是一门可感而不可捉摸的艺术。"

张佐姣听着听着忍不住笑弯了腰："雪小姐，看你讲得神秘兮兮的。"

"张小姐你别笑，我说的都是真的。这个世界上什么事情最难呢？做人是最不容易的事。仅仅是勤劳、智慧、勇敢、正直、善良，我认为这远远不够。每一个人，每一天都要和身边形形色色的人打各种各样的交道，要将每一件事，都处理得恰到好处，这多难啊！"

"雪小姐，我真的佩服你，能把事情分析到这么细微的份上，你都成这方面的专家了。"

"我是杀猪不行，剖猪倒是可以，说起来头头是道，真正跟人打起交道来就是一点都不行了。而你呢，天生就是情商极高的人。"

她们是那么亲切、愉快地合作着。

一年过去了，又一年过去了。不经意间，张佐姣和雪小姐在欢乐愉快的时光中已整整合作了两年。这两年间，张佐姣已经积蓄起了一笔足够的财富。

六

这是闲置在市区的一片空地，它是那么辽阔，它闲在那儿已经多年无人问津了。这片土地的主人，原本是打算在这儿盖一片富丽堂皇的别墅，可后来因为各种各样的事情，他们陆陆续续地走了，有的到美国去了，有的到英国去了，有的到加拿大或法国去了。

于是，这片土地便长久地闲置在那儿，静静地被雨水淋着，被海风吹着，被阳光照耀着。

张佐姣悄悄地盯上了这片空地。当她口袋里有了一定的资金后，她便跃跃欲试地想去做一名房地产开发商了。

这年夏天，也许是天赐良机，一位姓江的小姐从英国回到香港度假，她是张佐姣在楼梯口工作时结下的挚友。江小姐一踏上香港的土地，便迫不及待地寻找张佐姣。

那一天，当江小姐突然出现在张佐姣的屋门口时，张佐姣的双眼一亮，简直有些不相信自己的眼睛。

她们紧紧地拥抱到了一起。张佐姣颤悠悠地说："你就像一只鸟儿，飞走了就杳无音信了。"

"我们今天还能聚一聚就行了，如今你是大忙人呢！"

"最近倒也不怎么忙，老是想去征一片空地，可是怎么也找不到那些土地主人的去向。"

"哪片空地？"

"就是我们原来去吃汉堡包时，每天都路过的那片空地呀！"

"啊！那片地的几位老板我都熟悉呀！有两位还是我的朋友呢。古先生和奥先生在英国，水先生在美国纽约，麦先生在加拿大，顾先生在法国……这些人我都可以通过古先生和奥先生取得联系。"

"这太好啦！江小姐，你简直像是专程回来帮我成全这桩事情似的。告诉你，好多房地产开发商都在打这片地的主意呢！但是都苦于找不到他们的下落。"

"那我马上帮你联系。"

很快，江小姐便将这些散布于世界各地的老板们的通信联络地址全弄到手了。

然而，当江小姐帮她联系人时，张佐姣才猛然发现，她积蓄的那一点资金是多么的微不足道。毕竟这片土地太大了，要将它开发出来，投资巨大，当然开发出来之后，这笔生意赚下的利润也会是十分可观的。她多年来积蓄的那点资金，别说是买下这片土地，就是用来付定金都不够。

向银行贷款也几乎不可能，没有人替她做担保。

张佐姣和先生商量来商量去，最终决定去找本地几位有名望的房地产开发商来联合开发。只有他们才能拿得出这么巨大的一笔资金，而且他们都熟悉这片地，都早就打过这片地的主意，都知道将这片地开发出来是大有赚头的事情。如今找他们联合开发，他们肯定愿意干。

张佐姣拟了一份详细的计划书，然后将房地产界的几位老板请到一块儿来了。

然而，这几位大老板看过她做的计划书，听她讲过之后，却对她流露出不屑一顾的神情。

牛老板推了推鼻梁上精致的金丝边眼镜，上下打量了张佐姣一会儿，终于开口说话了："张小姐，恕我直言，你一个二十出头的小姑娘，这么大的生意，你叫我们凭什么相信你呀？"

这当头一棒，是张佐姣根本没有料到的事，她的脸一下子红了。

司老板傲气地接着说："我怎么从来就没听说过张小姐也是干房地产这一行的呢？"

张佐姣说："各位老板，你们都是有名的人物，是德高望重的长者，正因为此，我今天才将你们邀请到这里来。你们可以不相信我，这点我可以理解，因为我确实没有做出什么业绩，更谈不上什么知名度。但是，你们应该相信这片地，你们都对它太熟悉了，不用我讲，你们的心里都明白，一旦这片地开发出来，回报将会是相当丰厚的。现在，我跟这片地的主人都联系好了，我只希望你们先付定金，而且这定金不沾我的手，由你们直接支付给对方，难道这样你们还不相信我吗？"

张佐姣讲完，老板们纷纷议论开了。无论怎样，这毕竟是一桩过分诱人的生意，老板们的心里谁不知道这是一块肥肉。

这一天，通过反复的磋商，他们终于签下了一份联合开发的框架协议。

接下来的日子，便是艰难而又漫长的与土地卖家们的交涉。

在英国的奥先生，因为和江小姐是很好的朋友，因此当江小姐领着张佐姣上他家去交涉那块地时，几乎没怎么费工夫，他便答应将土地转让了。

然而，路越往下走便越艰难了。当江小姐领着张佐姣上古先生家里去洽谈时，一进门才说明来意，古先生便回绝了："我那块地不卖呀！你们听谁说我那块地要卖掉呢？"

江小姐赶忙赔着笑脸说："您老那块地不是闲在那儿吗？"

"闲着并不见得我就要卖掉呀！"

张佐姣说："您老到英国多年了，还留着那块闲地在香港干吗？您就成全我们算了。"

江小姐也说："奥先生的那一块地已经卖给她啦！还有其他几位也都讲好了，唯独剩了您老这一块买不下来，就无法开发那片地了。"

古先生坚定地说："人家的我不管，反正我这一块肯定不卖，你们不用再多说了。"

事情就这么一下子僵住了。

从古先生家里出来，张佐姣忧愁地对江小姐说："这可怎么办呢？"

江小姐安慰她说："不要急，好事多磨，你慢慢地跟他磨就是了。反正那块地他是不会自己去盖房子的。"

于是，第二天张佐姣又麻起胆子硬着头皮进了古先生家的门。然而，很快古先生便将她打发出来了，他的态度依然是那么坚定——不卖。

张佐姣对江小姐说："这样去跟老人家死磨硬泡，恐怕不但没有成效，反而会使他越来越反感。他的态度已经很不耐烦了。"

"那怎么办呢？"

"最好是能够找一个跟老先生相当要好，老先生又愿意听他话的人出面。"

"这倒是个办法，让我好好想一想。"江小姐的手指在脑袋上敲着，突然眼睛一亮，欣喜地说，"有这么一个人，我的导师，吴恩厚先生，他和古先生是至交，只要他肯出面，古先生肯定会同意了。"

"真的吗？你别说得那么轻松。"

"当然，古先生谁的话都不愿意听，唯独吴先生的话他却听得进。"

"可是，你的导师愿意出面吗？"

"我去找他试一试，说不定他会出面的，吴老师是一位十分豁达的人。"

于是，下午江小姐便领着张佐姣踏进了吴恩厚教授的家。

江小姐介绍说："吴老，这是我的好朋友张佐姣小姐，她特地来拜望您，她还读过您的书呢！"

"嗬，真是一位好精致的姑娘。"吴老亲热地和她握手。

江小姐接着说："张小姐是一位精神可嘉的人，她生长在中国内地，从小学到中学都是全校的尖子生，期期考试平均分都在 95 分以上，后来因为贫困失学了，后来，她只身出来打工，边打工边读商学院的函授……"

吴老竖起大拇指："好，年轻人就是要有这种自强不息的精神。我们读书那时候啊，正值抗日战争爆发，到处是流离失所的人，可是，越艰苦的环境，越能磨炼人的意志……张小姐现在在从事什么工作呢？"

"我在香港开了一间公司，从事房产经营工作。"

江小姐说："张小姐经营得十分不错呀！眼下还有一个大动作，要将闲置在市区的一大片地开发出来，正好，有一事要求助您老呢。"

吴老爽朗地笑了笑："我又不懂得做生意，有什么事情用得着我呢？"

张佐姣说："那片地呢，在那儿杂草丛生好多年了，地的主人有五六个，现在他们都不在香港了，这次我们想请他们将地转给我们开发，可是有的愿意卖，有的不愿意卖。"

江小姐插话说："古先生有一块，他怎么也不愿意卖。还说佐姣一个女人家，不应该出来张罗生意，应该规规矩矩待在家里做饭养孩子。"

"哈哈哈哈，这个老古板。"吴先生忍不住大笑起来，"没问题，我这就给他打电话。"

"吴老先生，真是太谢谢您了。"

电话一下子便拨通了。张佐姣和江小姐站在一旁屏息静听着。

"古先生，你好吗！"

"哟，是吴先生，有些日子没见着您啦，我还正想着您呢！"

"我说，你那块地丢在香港长荒草不好呢，有碍城市景观哪！"

"你怎么知道我在香港有一块地？"

"你卖给她们算啦，老留着在那儿干吗，难道还想留在那里生崽吗？"

"那两个女孩子，怎么把你也给搬出来啦！"

"她们是我的学生嘛！"

"你那学生，不好好待在家里烧茶煮饭，一天到晚到处乱窜什么呀！"

"你这个老古董，都什么时代了，应该把你搬进博物馆才对。那都是很有事业心，大有作为的年轻人呀！你那块地就让她们去开发好啦！让年轻人把香港建设得更美丽，这是多么好的事情。"

"是啊，这是一个好事，那就让你的学生去开发吧！"

"可以啦！"吴老将电话听筒搁下。

"吴老先生，我真不知该如何谢您。"张佐姣感激得眼泪都差点掉下来了。

"谢什么，年轻人的事业，我永远都支持，世界是我们的，也是你们的，但归根结底还是属于你们的啊！"

没想到事情这么顺利就办妥了，从吴老的家中出来，她们高兴得连蹦带跳。

整整一年，她终于将所有的地收到了自己手上。为了这个项目，她耗尽了积蓄，就连先生读博士的那点生活费都替她垫进去了。这一年，她耗尽了心血，流尽了汗水。

又花一年时间，她将这片闲置多年的地开发出来了。

做成这笔大生意后，张佐姣的名字在房地产界无人不晓了，她就这么跌跌撞撞，一步三滑地跻身知名房地产老板的行列。

这一年春天，张佐姣办起了自己的房地产公司——丰源地产有限公司。

多年磨砺而来的娴熟经验，加上如今雄厚的资金和相当的知名度，使得她如虎添翼般在香港房地产这片领域遨游。她的项目一个接一个开展，她的工地到处可见。

张佐姣和先生开玩笑说："那时，你在楼梯口向你妈妈介绍说，这个妹子以后每月不是赚几万、几十万，而是一赚就是几百万。看来，你还低估了我啊！"

先生笑着，无语地直晃脑袋。

…………

后来，张佐姣又从香港返回内地，在深圳投资建起了一家又一家公司，她从平江老区带出去的人无以计数，有的在她的公司里做事，有的经她介绍到别的公司去做事，张佐姣把从平江带去的人统称为娘家来的人，她对身边那些老板朋友们说："我娘家的人来了，你总得帮帮忙啊！"

她就是这样，将一茬又一茬的年轻人介绍到广州、深圳、香港做事。这些人中间，后来又有不少人慢慢成了老板，但不管他们发了多大的财，他们都会记得自己是张佐姣带出来的。

后来，张佐姣还回到家乡建了一所学校，她的愿望是要让每一个孩子都有书读。

小石子的微光

一

人的一生，都有几个难以忘记的重要日子。2021年2月25日，对于平江县长寿镇党委副书记李长征来说，就是一个令他一生都难以忘记的重要日子。那天，他以"全国脱贫攻坚先进个人"的身份，西装革履、胸披绶带，脸上洋溢着掩饰不住的喜悦，走进了庄严肃穆的人民大会堂，接受党中央、国务院的隆重表彰以及党和国家领导人的亲切接见。

激动、幸福。谈起赴京领奖的经历，李长征的脸上，依然流露着自豪。2月22日上午，他来到曾经有点神秘的省委九所报到。23日上午9点，与省委、省政府主要领导及其他赴京领奖的代表一道，统一乘车前往黄花机场。路上，警笛声声，畅通无阻。

到达机场，他以为与平时乘飞机一样，要验票，要安检，要到登机口等待。没想到，车子直接开到了飞机旁边，并且一进机舱，飞机就直上云霄。原来，这就是包机，李长征平生第一次坐包机，怪不得他讲起这些的时候，神采飞扬，一脸的骄傲。

在北京下了飞机，住进了气派的友谊宾馆。24日上午，省委书记许达哲把湖南代表召集在一起，开了一个座谈会，他要求大家做自我介绍。轮到李长征介绍时，他说，我是二万五千里的李长征，是来自岳阳市平江县长寿镇的党委副书记。李长征简短的一句自我介绍，将自己的名字与二万五千里长征挂上钩，引起了许达哲书记的注意。许书记插话说，你要继续走好新时代的长征路哟！

25日上午十点半，人民大会堂。大会正式开始，李克强总理宣布全体起立，奏唱国歌。李长征站起来，张开嘴唱歌，却只唱了两句歌词，就开始哽咽，激动得唱不出声音了。习近平总书记在大会讲话时，引用了一位扶贫先进个人的话，"脱贫攻坚路上有千千万万的人，我真的就是其中一个小小的石子。其实走到最后，走到今天，虽然有苦，还是甜多"。

李长征听了总书记的讲话，深有感触地说，我也是扶贫路上的一个小石子，获评"全国脱贫攻坚先进个人"，是组织的厚爱、领导的关爱、同事们及老百姓的抬爱，荣誉属于大家。

但检索这个小石子的事迹，发现他十几年如一日，在脱贫攻坚的路上，以超常的耐心和韧劲，闪耀着微光。

二

李长征出生于平江县大坪乡南岭村一个贫困家庭。那里地处边远地区，闭塞，土地贫瘠，李长征是吃红薯丝长大的。尽管生活艰苦，父母亲还是咬紧牙关送他读书。初中毕业时，他以高分考上了重点中专——湖南林业学校。回忆读书的艰难日子时，李长征眼睛发红。他说，他刚看了电影《你好，李焕英》，李焕英在大雪纷飞的冬天，送贾晓玲去省城上学，在路边候车时，贾晓玲要她坐车回去，李焕英挥挥手中的车票说，我买票了，等会坐车回去。但等贾晓玲乘的客车远去，李焕英赶紧退了车票，冒着风雪，走路回家。李长征说，他的父亲每次到当时的虹桥区人民政府所在地的邮电所给他汇钱时，都是风里雨里走几十里路来，又走几十里路回，从来舍不得花那五毛钱去坐车。

在林校就读期间，李长征一直从事学生会工作并担任校刊主编，以优秀毕业生的身份走出校园后，被分配到平江县最偏远、最艰苦的福寿山国有林场工作。在贫困中长大的李长征，十分珍惜自己的工作岗位，挖山也好，抚育也好，装车也好，收方也好，他总是勤勤恳恳。几年后，他被借调到了县林业局，工作期间参与规划了《平江县贫困地区林业发展项目 2002 年度造林作业设计》，被湖南省林业厅评为"优秀设计奖"。用李长征的话说，这可能就是与扶贫工作的一种缘分吧。

此后，他便经常被借调到局里做事，后来，又被借调到县政府办做事，2005 年 4 月，他正式调到了林业局机关工作，同年 8 月，又被县委组织部挖了过去。从这个过程便可以看出，李长征是一个认真做事，很会做事的人。

他到组织部工作两年后，便被部里任命为建设扶贫工作队队员，派到木金乡下江村驻村扶贫。从此，李长征便和扶贫工作结下了不解之缘。

李长征去扶贫，是带着真情去的。他自己就是从贫寒中走出来的，深知底层困难群体的痛痒。每到一个村，他总是一头扎进去，一户一户摸情况，一个问题一个问题地处理。从 2010 年到 2016 年，他从木金乡的下江村，调到长寿镇的马西村，再到虹桥镇的大青石村，多次被评为扶贫先进工作者。凡他扶贫过的村，每一个村都能建好一个班子，发展一两个产业，使那些困难户稳健脱贫。

2016 年，李长征调离县委组织部，到上塔市镇担任党委副书记，上塔市镇是与湖北相邻的一个边远乡镇，扶贫工作任务十分繁重，李长征上任伊始，便分管扶贫工作。

2017 年，李长征被抽调参加全省脱贫攻坚突出问题集中整改大督查，并在省委督查室参与完成后期工作。根据自己长期以来在实践工作中遇到的问题——贫困户怎么进、怎么帮、怎么退——李长征提出了一系列看法，他的很多观点都被采纳。特别是关于"边缘户"的问题，李长征呼吁，应该引起各级政府的高度重视。"边缘户"即不在贫困户之列，却又比建档立卡的贫困户好不了多少的困难户。那时，按政策界线划分，每年人均纯收入低于 2300 元的为贫困户，建档立卡的贫困户能得到诸多政策性的扶持，而有些人均纯收入高于 2300 元的家庭，他们的生活状况，并不比贫困户好多少，因为不在"建档立卡"的贫困户行列，很多政策性扶持他们都无法享受。这个群体，便成了一个极不稳定的群体，这些"边缘户"看到建档立卡的贫困户可以享受政府这样那样的扶持，很容易心理失衡，上访、闹事，借故为难扶贫工作队的事件时有发生。

红、黄、绿三卡分类管理是平江县在推进脱贫攻坚工作中的创新模式，红卡即未脱贫的贫困户，黄卡即已脱贫的低收入户，绿卡即脱贫后稳定向好的家庭。这三卡的前身就是李长征在上塔市镇创新推出的结对帮扶回访卡。随着脱贫攻坚工作的探索推进，边缘户以蓝卡身份得到社会各界的关心和扶持。李长征创新推出结对帮扶回访卡、村级汇报材料模板等有效做法，均被平江县委作为先进经验在全县推广应用。2017年底，上塔市镇代表岳阳市接受了省政府的脱贫攻坚重点工作考核。

三

不管是在省委督查室与上级领导交流，还是在基层工作部署中，李长征一直认为"老百姓既需要真金白银的政策落实，更需要真情实意的情感交流"。他说脱贫攻坚既是全面建成小康社会的需要，更是党中央着眼于进一步密切党群干群关系，巩固党的执政地位和执政基础的需要。

李长征正是带着这样的认识和感情去开展扶贫工作的。李长征在上塔市镇冬桃山半山腰结对帮扶的一曾姓贫困户妻子曾发过这样的朋友圈："今天我好感动，上面来了一位好干部李长征书记，直接到家走访，而且还拿钱慰问，还亲自从荷花直接送我到小坪，记得以前哭着求着都没人理，打心里感谢这样的好干部，祝愿他永远幸福！"有感于这样的淳朴与善良，理解与支持，李长征当夜在微信朋友圈发表了这样的感慨："李瑞环在《看法与说法》一书中曾论述过：'群众最可敬，他们有无穷无尽的力量，社会的财富靠他们来创造；群众最可爱，只要你真心实意地为他们服务，他们就真心实意地支持你；群众最可怜，他们的确有许多实际困难，而对我们的要求并不高；群众最可畏，不管什么人，惹怒了他们都可以使你垮台。'冬桃山山腰就有着这么可爱的四口之家，一层修建了多年的旧平房，尽管长年没人居住，却收拾得非常干净整洁。户主在农业生产中小腿受过伤，女主人自 2012 年至今，因病动了两次手术，每隔三个月需到长沙复查并开药，医疗费用不菲，夫妻俩长年在外省边务工边治疗。就是这么一个不容易的家庭，将大儿子送进了高校读研究生，将小儿子送进了军营保家卫国，属典型的因病因学致贫对象。作为我结对联系的帮扶对象，本次女主人独自回湘复查住家两天，赶紧约好上门进一步对接帮扶措施，临走时，拿出点钱略表心意，却追着我跑了几间房怎么也不肯接，说什么前期在外务工的日子里，能多次接到我的电话已经很感动了。顺路将她送到娘家时，又悄悄地将信封留在我的车上，好在发现及时，差点做了个假人情。我想说的是：老乡，你的朴实和善良，你的自强和担当，真的很让我感动！"这是李长征内心深处最真实的感受，也是其群众观念最真实的写照。

上塔市镇得胜村的简老也曾是李长征的结对帮扶对象，简老自身先天性弱视，整天戴着一个"酒瓶底"，生活极其不便，老婆小时候得过脑膜炎，智力不是很好，两个人也没有子女。简老就靠跟着自己的哥哥就近打点小工维持生活。那时候上级还没有要求乡镇和帮扶责任人帮忙办理残疾证，简老自己对残疾证的申报和办理更是什么都不懂。李长征就多次找在县残联工作的熟人咨询政策和办理流程，对接好时间后，李长征亲自开车把简老夫妇带到了县城，先是陪简老到三阳眼科医院做视力鉴定，然后再陪简老的老婆去四医院做智力鉴定。后期的残疾证领取，各项补贴申请等手续，都是李长征一条龙帮忙办理到位的，当简老拿到李长征送上门的两张残疾证和生活补贴时，真是非常感激，当场就要去屋后抓只干鸭子给李长征。在上塔市镇，馈赠干鸭，可是对贵宾的最高礼遇啊，李长征却赶紧跑了。年后的正月初一，简老给李长征打来了新春拜年的电话，短短三十几秒，简老其实说得非常零乱，李长征却感觉非常温暖。

四

2018 年，李长征调任长寿镇党委副书记，依然是分管扶贫工作。长寿镇是平江县扶贫任务最繁重的一个乡镇，全镇共有贫困村 14 个，占全县 136 个贫困村的 10.3%，建档立卡贫困户 2936 户、10446 人，占全县贫困人口的 7.3%。由于扶贫任务重，矛盾积累多，上访闹事的贫困户也很多，有的人甚至多年上访不止。李长征上任伊始，首先便是大走访、大排查，摸清底子，有了矛盾不回避，在第一时间调度处置。

2020 年 4 月 26 日，在县委召开的扶贫信访工作调度会上，有 7 个乡镇做表态发言，2 个乡镇做典型发言。典型发言的两个乡镇，一个是李长征曾经工作过的上塔市镇，一个是他现在工作的长寿镇。因为典型发言安排得比较急，李长征中饭都没吃，就匆匆为党委书记起草了发言材料，尽管过去了一年多，县扶贫办的与会同志，一说起这个事都还非常清楚地记得李长征总结出来三个观点：零信访并不是零风险；大攻坚务必有大认识；主战场更应该主作为。

确实，作为主战场的核心战区，因为信访习惯由来已久，信访热点持续增加，长寿镇又怎么可能是天生一片净土呢？还不是基于李长征的认识到位、作为到位。

黄金洞山里的吴某就是令人头痛的特殊对象，四岁多时父亲非正常死亡，后来母亲改嫁，"80 后"的小吴很早便成了孤儿。长大成人之后，他到长寿镇当了个上门女婿，才有了今天这个完整的家，岳父在集镇建房时，注册在小吴夫妇名下的房产确实有两套，但后来都被其岳父出售了。小吴以没有住房的实际情况申请了集镇易地搬迁安置房。在李长征调任长寿镇工作的 2018 年上半年，长寿镇党委、政府组织专班，对易地扶贫搬迁申请资格条件进行了一次全面的调查审查，共删除了 103 户，小吴也是其中一户，删除理由是他有两套房产。对此，小吴一直非常不服气，多次提供了说明材料，但并没有被采信，因为房产部门提供的信息查询证明其有两套房产，删除没有任何问题。小吴多次找镇政府相关人员，但都被认为是无理取闹，后来干脆心灰意冷地不再来了。

童年时的不幸遭遇，成长中的寄人篱下，易地扶贫搬迁安置资格被取消，在黄金洞矿业公司矿井里上班因各种工作失误被工头给停工了，自己骑摩托车又摔伤了脚，屋漏偏逢连夜雨的是，老婆还找他离婚了，一连串的各种打击，让小吴觉得这世道真是太不公平了。在派出所办理离婚分户的过程中，小吴愤愤不平地说道，我真是很敬佩那个校正（一刑满释放故意纵火致人死亡的刑犯人员），只是他不应该伤及无辜，要是我，要找就找政府去。此时小吴的言行举止已经很反常了，他带着两个女儿根本不找政府提任何要求了，反而异常沉默。李长征调阅了当时删除他申请资格的原始材料，从材料上看，删除是没有问题的，打电话找他他又不理政府。放心不下的李长征通过其叔叔将小吴接到了镇政府，并特意安排在一个更能体现平等对话的接待室与其进行沟通。

刚进门的小吴封闭得很。李长征给小吴泡好茶之后，以一种兄长般的口吻，从家常话慢慢聊起，随着时间的推移和谈话的深入，小吴的脸色慢慢地有了些变化，他开始把自己的不幸遭遇与实际情况一点一滴地说了出来。删除材料的原因是真实的，小吴说的也是实话，到底是哪里出了问题呢？李长征想，这个事，看来自己要一竿子插到底了，于是，非常坚定地对小吴说，你放心，这个事我一定给你调查清楚，并尽快给你一个明确的答复。带着疑惑的表情，小吴在谈话结束时，加了李长征的微信，并要了他的电话号码。李长征把小吴送到办公楼门口时，拍着他的肩膀说，不管是工作上、生活上，还是思想上，有什么困难和问题，你可以把我当成老兄，随时来找我。

第二天上午，李长征带着小吴的基本信息专门去了县政务服务大厅的不动产登记中心，党委副书记出面，又特意找窗口上的校友帮忙，不动产登记中心也查得特别用心，出具的第一份证明还是小吴名下有两套房产。心有不甘的李长征想起了自己负责全县党员年报时的数据反查方式，于是拿出谈话时了解到的购房方的基本信息请校友帮忙反查，这一查还真是柳暗花明了，其中的一套房产确实早就被卖给了别人，过户的材料和信息都没有任何问题，于是，不动产登记中心出具了第二份证明，小吴名下有一套房产。由于已经过了下班时间，且远在黄金洞的小吴一时电话又打不通，李长征只好先回家吃饭了。中午，李长征没有休息，利用微信、短信，又断断续续地问清了其另一套房产的出售和过户情况。下午上班，李长征再次来到政务大厅，同样是通过数据反查的方式，查实另一套房产也确实早就被卖给了别人，同样是过户的材料和信息都没有任何问题，于是不动产登记中心出具了第三份证明，小吴确实是无房户。为什么会出现这样三种不同的查询结果和证明材料，这主要是不动产中心正处于刚成立的过渡期，相关职能部门的信息没有及时更新造成的乌龙事件。事情查清了，那后面的重新上会研究并安排镇级易地扶贫搬迁房子的问题也就迎刃而解了。在湖南省拟推荐李长征为"全国脱贫攻坚先进个人"公示期间，小吴给李长征发来了有李长征公示名字的微信截图，以及一个大拇指点赞的图案。

五

　　黄金洞乡的刘军，三十来岁，是一名退伍军人。2014年建档立卡时与父母及哥哥一家是系统里的贫困户，后来在"六看一听"的重新甄别中，因他父亲在当地一家私企上班，自己被私企派驻长沙做销售，哥哥在国企务工，整个家庭结构健康，收入稳定，并且以他父亲的名义在集镇买地建了一栋很大的房子，经过综合评定，就将他们一家从系统里删除了。后来，他父亲出于多种原因去了海南打工，没在当地的私企上班了，已经入住的那栋房子，因建房时欠了别人不少钱，房子就被债主强住进来抵债了，刘军一家就暂时没了固定住所，他只好在长寿街租了套房给自己的母亲和孩子住，自己则带老婆去长沙务工了。

　　看到其他无房的贫困户能住县城或集镇的易地扶贫搬迁安置房，刘军便三番五次找镇上要进县城安置，至少也要个集镇的易地扶贫搬迁安置房，而易地扶贫搬迁安置的首要条件就是成为建档立卡贫困户。在多次沟通对接无果后，心有不甘的刘军还专门为此找到县长反映情况，并放话说，县里面解决不了找市里，市里解决不了找省里，省里解决不了我就到湖南广电传媒的楼上去跳楼，言辞非常激烈，态度非常强硬。李长征为此三番五次与刘军面对面做政策解释和思想沟通工作，有时刘军从长沙打电话来，一讲就是几十分钟。随着对接的增多和信任的增强，刘军最后提出，要不你们镇上给我想办法争取一套县城的廉租房住，可申请县城廉租房的首要条件是有城镇户口啊，看似要求降低了，但那也同样是一个难题，尽管是个难题，但李长征还是一直放在心上。

2020年8月底，应上级的要求，按工龄计算可以休假20天的李长征申请了5天的年假，年假的第一天正好是星期一，李长征就跑去县政府找分管廉租房的副县长，根据副县长的意见，星期二又跑到县住建局找局长和分管副局长咨询政策。年假的第五天是星期五，一大早，李长征就自己开车去了长沙，根据刘军平时说的住地，直接到了刘军住地的大概位置才给刘军打电话，刘军做梦也没有想到李长征会来长沙看他，还是用自己休年假的时间来看他，深受感动的刘军赶紧从自己务工的物流工作场地回到了自己的住地。刘军租住的房子是一个车库改造的，卫生间在车库的右上角，做饭在车库门口的走廊上，平时在餐馆务工的老婆因疫情影响和自己头痛，辞工在家帮忙做做饭。李长征再次与刘军夫妇好好地进行了一次深入的思想沟通，一是明确告知当时把你们从系统里面删除没有错。二是各级信访机构是给你们反映诉求的，但你要做到依法依规、客观公正。三是你还年轻，困难是暂时的，只要自己努力，完全可以创造更加美好的生活。离开后的星期天下午，正在县城打印店做资料的李长征接到了刘军从长沙打来的电话。电话中，刘军说，李书记你真是太负责太有心了，我原计划是明天去市里面的，现在决定市里面还是不去了，但还是请你想办法关心我、帮我解决暂时的住房困难。在长寿集镇先帮忙解决暂时的住房问题，是李长征早已答应了的，说了当然要做到。谈起这些事时，李长征不无感慨地说，对待老百姓，你不能只是走路，更重要的还是走心。只有老百姓认可了你的人，才能进一步接受你的工作建议，否则，你再好的方案可能也不能很好地推行。

2018 年的脱贫摘帽年，在县级复核中，长寿镇 14 个贫困村有 13 个村的满意率达到 100%，1 个村达 91%。自 2019 年 4 月至笔者写稿时，长寿镇已经连续 26 个月，没有一个困难户再到县以上的信访机构和扶贫部门上访。2020 年 5 月 6 日，在全县一季度工作会上，长寿镇再次做脱贫攻坚典型发言，李长征执笔的典型发言，获得了与会人员的一致认可，这从另一个侧面说明，李长征对待扶贫工作，是非常用心、用情、用力的。

从 2010 年至今，不知不觉李长征在扶贫这条路上走过了十一个春秋。自从走上这条路之后，他几乎没有正常的作息时间，也极少有时间陪伴老婆孩子和老父老母了。他总是那么匆忙地来去。

当李长征走进人民大会堂，接受党和国家授予的荣誉时，老婆、孩子、老父老母都守在电视机前观看直播，他们也同样激动得热泪盈眶……

自在平江

"自在平江"是一座野奢度假酒店，它坐落在平江县安定镇白茅塅村。这个村和我老家坪上村是紧挨着的村。这是一个山多田少的村庄，山是清一色的红砂岩，长不出什么树木，田是砂石底，存不住水，一到旱年就几乎没有什么收成。因此，这里从古至今是一个出了名的穷村，用老人们的话说，那是一个屙屎都不生蛆的地方。

2015 年，我在岳阳不时听到有人说，一座野奢酒店落户平江县的白茅塅村。所谓野奢，便是建在风景秀丽的乡村的超豪华酒店。还有人说，这是全国少有、湖南唯一的野奢酒店。

这就使我纳闷了，因为我太了解白茅塅村，那是一个山上长不出多少树木，田里长不出多少粮食的穷山恶水的地方，怎么可能一下子就华丽转身成为湖南唯一的"野奢"酒店所在。

2016 年春暖花开的时节，我特地从岳阳驱车三百多里回到故乡，目的便是到白茅塅村看个究竟。

那是一个下着蒙蒙细雨的日子，田野上的禾苗正在春风里摇摇摆摆地生长，荷塘里的荷叶才刚刚冒出一片片嫩绿，雨雾里散发着浓浓的泥土、青苔与腐草的气息，这是我所熟悉的这片土地固有的气息。

透过雨雾，过去印象中光秃秃的癞子山，现在已长满了各种灌木丛，它们在这一个春天里，蓬勃地翻起了一层层新绿。

自在平江野奢酒店的一栋栋小别墅，就掩映在这红砂岩矮山脚下的松树、杉树、樟树，以及芭蕉丛里。

这些屋子，都只有两层，它们依山就势而建，没伤一棵树，不损一丝山，路是古旧的红石条铺就的路，瓦是青瓦，墙是灰墙……有时，走进一扇古旧的红石大门，小院中一抹清流迎面从高高的红砂岩山顶上飞流而下，让人一下子分不清到底是在别墅里，还是置身于深山老林之中……当你置身于每一座小院，守在每一扇宽大的落地窗前，都能真切地触摸到山林、田舍、蓝天、白云和星月……这里，是现代建筑与自然山水的完美融合。

也有的别墅不是现代建筑，而是由当地农民的土坯房改造、装饰而成。将原来窄窄的阶矶加宽，在屋檐下再加一层屋檐，这样不但让原来单调的屋脊多出了层次感，也让走廊变得更宽，加上几根廊柱，又增加了几分复古的情调。原来的石大门保留着，但门框两边以及门头上方的砖都拆掉了几层，换成了玻璃，这样便使原来阴暗的厅堂变得透亮，老石门框之外的玻璃和钢结构，为老房子注入了现代感，与远去的农耕记忆交相辉映。原本窄小的窗户，改造成了大的玻璃钢窗。土坯墙刷成了白色，但偶尔也在某一处保留出一块方形或菱形的泥坯墙，并用木框精致地框上，似是在向人提示那份遥远的记忆。土坯房的后边，加盖了宽大舒适的卫生间，屋顶或用草席，或用木板和粗布做装饰，有的也会留一个天窗，透进一缕阳光。

还有的别墅是由原来老百姓在山林中挖的红薯窖改造而成，将那些红薯窖拓宽拓大，装上新风系统，既隐秘、安静，又冬暖夏凉，他们把这称为"洞房"，城里的青年男女，便成双成对到这里来"进洞房"……

这里的每一栋房子，新建的也好，改造的也好，都是一件件艺术品，它的每一个细节都处理得恰到好处，十分注重与自然山水的交融，注重与地域文化的连接，它无时无刻不在提醒人们，你这是在享受生活之美，享受建筑艺术之美，享受自然山水之美，享受匠心之美。

　　我不得不在内心叹服，这片过去穷得屙屎都不生蛆的土地，真的创造了奇迹……

　　投资自在平江的老板叫廖军标，他是江西赣州人，1990 年到北京打工讨生活，几经周折之后，他落脚到了今典投资集团，从此便与房地产行业结下了不解之缘。他先是在今典投资集团总部的办公室打杂搞文秘工作，因为勤奋好学、谦虚谨慎，处理各样事情都很周全，便慢慢成长为办公室主任。后来他又去搞策划，搞拆迁、建设、销售、物业管理……房地产业中几乎所有行当他都干过了，后来他担任了该公司的总经理助理，协助总经理处理各种日常工作。再后来，他担任了公司的副总、常务副总。从一个打工仔到今典集团的常务副总，这条路他走了12 年。

　　成为今典集团常务副总之后，他有了更大的舞台，除了料理今典的日常事务之外，又在海南的三亚湾、海棠湾、亚龙湾先后投资建设了三个红树林酒店，后来又在青岛建起了第一个红树林酒店，这些酒店，毫无疑问都是高端的度假酒店。

　　我回乡专程参观"自在平江"的那个细雨蒙蒙的日子，正好廖总也在，他在那栋旁边长有一丛茂盛芭蕉的小别墅里接待了我。第一次和廖总见面，他依然是一个打工仔的做派，穿着十分简便的衣衫，走路风风火火，说话斯斯文文，一脸谦和的笑。

　　他此前便认识我大哥彭见明，且尊称他彭老师（廖总是一个文学青年，年轻时便读过彭见明的《那山 那人 那狗》）。因此，跟我一见面，便像老朋友一样。

　　廖总对我说，他和平江人算是有缘，不然，做梦也想不到会跑到这个小山村来搞投资。

2010 年冬天，北京平江商会的负责人李朝香通过在今典打工的平江人罗振找到廖军标，希望他能到平江的乡下去开发一些别墅，因为在北京的很多平江老板都想回到家乡有一栋小别墅养老、度假，而自己回乡去建又得操心费神。

于是，热心的廖总便爽快地答应了李朝香，他乐意到平江乡下去为平江老板们建一批别墅度假养老。

办事从不拖沓的廖军标很快便带着罗振到了平江。他们走遍了幕阜山、连云山、福寿山，几乎把平江的东南西北都找遍了，却没能找到一个令人十分满意的地方。一个星期之后，跋山涉水劳累不堪的廖军标，最后却看上了白茅墩村这片不显山不露水的红砂岩山地。

在廖军标眼里，这里是一片风水宝地，这些形状各异的红砂岩山包，有其古朴苍劲的独特风韵，而且，白茅墩村紧挨浏阳，离长沙一个多小时车程。这些年廖军标在房地产界摸爬滚打，他敏锐地感觉到，城市人口回归自然山水，已经成为一种潮流，一份刚需。北京人一到周末，便自驾到周边 500 公里以内的乡村去度假，这已经成了一种时尚。廖军标深信，再过五到八年，这个潮流便会从北京传到省会城市长沙。

但是，在北京的那些平江老板们，却大都看不上这块不毛之地，一来离县城较远，二来看不出有什么好风水。他们不愿意把别墅建到白茅墩村的山地上。

于是，廖军标决定，在这片有着独特地理风貌的红砂岩山地上建一座度假酒店，几年后让那些想回归自然的长株潭城里人到这里来度假。

2010 年，廖军标的自在平江野奢酒店在白茅墩村果断落地。

平江县委、县政府给予了这个具有超前理念的项目极大的关心与支持。当时的县长、后来的县委书记王洪斌围绕这个项目的建设先后三次召开专题会议，后来接任的县委书记汪涛也多次到现场听取汇报，汪涛强调：第一，县里各部门要用"保姆"的心态来呵护"自在平江"的建设。第二，要有救灾的心态，急自在平江之所急，全力以赴支持建设，有些事情，不一定要事先请示，各级各部门，看到哪里有险，就立即去那里抢险。第三，要灵活利用政策，做到最大限度地争取和利用政策的支持。"自在平江"这是在变废为宝，各部门都要做雪中送炭之事……

平江县委、县政府的大力支持，无疑给了廖军标极大的鼓舞。

他请来了国内一流的设计团队，周令钊、王受之做指导的中央美院教授组成的设计队伍。周令钊是平江人，我国很多重要作品都是在他的手上完成的。例如开国大典时，挂在天安门城楼上的毛主席像，就是周恩来总理点名要他画的。他是国徽的设计者之一，人民币的设计者之一，政协会徽、共青团团徽的设计者，元帅服的设计者……王受之是周令钊的外甥，他在美国带博士生，在清华大学和中央美院也带博士生，是有国际影响力的设计大师。在周令钊、王受之的指导下，中央美院的设计团队，很快就拿出了他们的建设理念：第一，不破坏自然，建筑依山就势，不挖山，不伤树。第二，不与天争功，所有建筑融入自然，顺应自然。在自然的一山一石一水一沟之间，恰到好处地加入人文元素。每一栋房，都作为一件艺术品来打造。第三，不与民争利，不占老百姓的良田和森林，尽量把老百姓用不上的或是废弃了的旧东西利用起来。他们将房子和游泳池建到了那些寸草不生的红砂岩山包上，将餐厅浮在了山塘的水面上，在那些抛荒多年的旱土和田垄里种上了荷花、莴笋和香草，将水坝做成了一道道百转千回的水景，将老百姓废弃了的青瓦和曾经用来砌猪圈的红石条拿来做门头和装饰……

面对建成的酒店，白茅塅村人无比惊讶，他们的猪圈石，变成了豪华野奢酒店的装饰品；他们的红薯窖，变成了城里人新婚的"洞房"；他们的土坯房，变成了一晚6000多元的野奢豪宅……

在人们的惊叹声中，"自在平江"的第一期工程于2015年完工，二期工程于2018年夏完工。至此，这里已经建成了27栋建筑70个房间，总建筑面积达1.2万平方米的野奢酒店，可同时接待150人住宿，为300人提供就餐服务。

城里人来了，从长株潭，从武汉，从九江，从南昌，甚至从更遥远的城市而来，他们拖家带口，到这里来度假，他们到这里来享受最清新的空气、最灿烂的阳光、最宁静的时光、最和美的环境……

这里成了网红之地，每到节假日以及长长的夏季，都需要提前数日才能订到房。

白茅塅村，一个资源贫乏的贫困山村，就这样华丽转身成了自在平江野奢酒店的所在。酒店为村民提供了一百多个劳动就业岗位。酒店消耗着他们地里的菜，圈里的猪、鸡、鸭……当滚滚而来的城市文明将农耕文明挤压到了边缘地带之后，自在平江似乎在告诉世人，怎样让喧嚣的城市文明与寂寞的农耕文明相互拥抱，交相辉映。

这是一个时代的命题，自在平江给予了我们一个鲜活的启示。

谷雨烟茶

刘强是学化工的。大学毕业后，他在广州一家化工企业打工。

有一天，他在广州的茶楼里和几个朋友喝着普洱茶聊天，突然想到了家乡平江的烟茶，他和朋友们都认为，平江的烟茶比云南的普洱茶要好喝得多。普洱茶卖得那么贵，平江的烟茶也不应该卖得那么贱。

在他童年的记忆中，村庄上家家户户的菜地里，山坡上的旱土里，东一蔸、西一蔸生长着老茶蔸。谷雨前后，老茶蔸上的嫩叶长到三四片长时，便采摘下来，在太阳下晒半个日头杀一杀青，然后就开始揉，那时每个生产队都有一台揉茶机，有的是人工推着揉，有的是安装在水边，让水冲着揉茶机转动。有时采的茶叶不多，便不用揉茶机揉，各家各户自己用脚踩。打一盆水，将脚上的泥巴洗干净，便在晒垫上揉踩那杀过青的茶叶，他们的脚像揉面一样将茶叶滚成一个团，翻来覆去揉踩着，直到踩出一摊绿艳艳的茶汁，这茶就算是踩好了，然后将茶叶均匀地铺到茶焙上，用乔栗根、枫球、茶壳烧起暗火，慢慢焙干，这烟茶就算是制成了。

平江人喝烟茶，先喝茶水，然后将茶叶嚼着吃。吃完茶叶半天后，嘴里还留着绵长的余香……

刘强在广州城里思念着家乡的烟茶味道，从 2013 年思念到 2014 年春天，最后他毅然辞掉了化工厂的工作，带着老婆，回乡制茶。

刘强回到平江，他向那些做茶叶生意的人打听哪里的茶最多，人家告诉他，三眼桥寨上的茶叶最多。

他驱车来到了寨上，放眼望去，这里的田野上、山坡上，确实长满了茶树。女人们成群结队地采摘着茶叶，男人们紧跟在后背着喷雾器喷洒农药。刘强的心一下子就凉了，这喷洒农药的茶叶，怎么能够用来制作梦想中的烟茶呢？

他问那些采茶的女人："你们为什么要在茶园里洒农药？"

女人们便笑："你是一书呆子吧，不洒农药，这些嫩芽一长出来就会被虫子吃光。"

刘强说："我确实不懂茶，我原来是学化工的。"进而他又问："这山里还有没有不洒农药的茶园呀？"

女人们说："有，你再往上走，到淡江山里，那里山高林密，那些散落在旱土里的老茶蔸，从来不杀虫，即使有一点虫，也被山林里的鸟和蜘蛛吃了。"

于是，刘强就沿着寨上的河水往上走，一直走进了淡江深山里。他在山里老人们的带领下，寻找到了不洒农药的、东一蔸西一蔸生长在山坡旱土中的老茶蔸。

于是，刘强在淡江山里落下脚来了。他收购了几栋二十世纪六七十年代留下来早已无人居住的土坯屋，乡下人把这种房叫作空心房。刘强像捡了宝一样，将它们一栋一栋精心修缮，打造成民宿。他自己住了一栋，还邀请同学朋友们经常去住。

2015 年的谷雨前后，刘强请淡江山里最会制茶的、已经 83 岁的唐五爹，制作出了第一批烟茶，他将这茶取名"谷雨烟茶"。

闻着这茶浓郁的香味，刘强立即给四面八方的同学们发出了信息，请大家来品茶。他和老婆的初中、高中、大学同学很多，散布在全国各地，但很多人都很忙，最后应邀前来的只有 20 多个人。

同学们来到淡江山里，住在刘强修缮如旧、精心打造的土坯房里，喝着烟茶，望着四野那没有受过一丝损伤的姣好的山水，闻着草木的清香，一时都忘记了城市的喧嚣，都说这是世界上最好的日子。他们把这老屋子取名叫"蠢庐"。

他们在这屋子里喝着茶聊着天，享受着缓慢的时光，然后又想起了儿时的酱油泡饭多么好吃，那个酱油是何等的香，可是现在再也打不到那种土酱油了。又有人想起从前乡下那种用土药子蒸出来的谷酒，酒中带着浓郁的稻香，可是现在都用化学药子蒸酒，它的出酒率高，土药子蒸出来的酒很难再找得到了……

回忆着旧时味道，同学们决计成立一家股份制公司，20多位同学参了股，股金少则10万元，多则100万元，大家鼓励刘强牵头，莫让老乡们将旧房子拆掉了，要他精心打造出更多栋"蠢庐"。莫让乡村种种口味失传了，把那些身怀绝技的老人们找出来，除了制作谷雨烟茶之外，还要蒸最好喝的谷酒，制最香的酱油……

刘强将83岁的唐五爹聘请到了公司里，将制作平江烟茶的完整工序和熏制配方完全还原，遵古法炮制。采摘一芽三叶头，或一芽四叶头，这些尖叶既足够老劲，又有丰富的茶多酚等多种元素。制作时，一去民间的粗糙制作，采取标准的规范化管理，整合洗茶、摊青、杀青、摊凉、初揉、初烘、闷黄、复揉、整形提毫、烘干等十道工序。烘干要使用一种特制的竹编器皿，它上尖下圆，像一只倒扣的鼎罐，亦称官帽，将揉熟的茶叶均匀撒摊在烘垫上，覆盖好斗笠状的罩笼。灶膛里的那一炉杂柴，也十分讲究火候。火头烧旺了，就覆盖一层茶壳，茶壳上再撒一层谷糠头，灶膛的火只能是暗火，不能是明火，只冒黑烟就是恰到好处。慢烟细火熏得半天下来，富有特别香味的、浸透了烟味的谷雨烟茶便制作好了。

应该说，刘强的古茶文化发展有限公司，为古产传承立下了汗马功劳。随后，他的平江谷雨烟茶技艺成功入选岳阳市非物质文化遗产名录。

这年秋天，刘强意外在深山老林中发现了四棵有着 600 多年树龄的老茶树，他和朋友们小心翼翼地将茶叶采摘下来，请唐五爹精心制作，最后加工出了三斤烟茶。刘强自己舍不得喝，他的朋友们也舍不得喝这茶，后来他们拿着这茶去公开拍卖，最终，这茶叶拍到了 20 万元一斤。

虽然这三斤茶只拍了 60 万元，但它却给了刘强团队极大的鼓舞，最起码这证明"谷雨烟茶"是有身价的，"谷雨烟茶"是受人青睐的。

2018 年秋，"谷雨烟茶"获得省里的资金扶持。这是岳阳市上报的多个民企项目中，唯一一家获得扶持的项目。它的体量并不大，但它挖掘抢救并发扬光大了一方水土上行将消失的传统技艺。与此同时，它为边远山区老百姓脱贫致富提供了有力的支撑。采茶制茶，这是一个劳动密集型产业，周边三个贫困村的几百户农民，他们不用再外出打工，在自己家门口就可以赚钱。

刘强的公司不但将烟茶越做越好，还请到了一位老师傅，将记忆里的平江酱油、用土药子蒸的谷酒也制作出来了……

烟茶也好，酱油也好，谷酒也好，它们都是平江这片土地上固有的味道，它们从遥远的时光隧道里走来，一度几乎流失在岁月的长河里。现在，它们又原汁原味地回到了人们的舌尖上，它们是这片水土上的文化记忆。

我们深信，它们在刘强团队的精心呵护之下，定将越来越好，越飞越高。

白云生处说茶香

　　我的老祖父曾是平江百十里山川有名的生意人，他的一生将什么生意都做尽了，茶行、斋坊、糟坊、屠凳坊、纱花行、南杂坊……用我老祖母的话说，只剩一个染铺子没开。老祖父的商号叫"顺生"，如今村庄上的人还在讲，那时顺生的一张白条子，能到汉口、长沙提到一船一船的货，由此可见，顺生的生意之顺、信誉之高。

　　老祖父只有我祖父一个独生子，按道理讲，家大业大的老祖父应该送儿子读很多的书，送到外国去留洋，然而，老祖父却只送他读了三年私塾，然后让他在茶行里学制茶、看茶。由此可见，茶在深谙生意之道的老祖父心目中有着多么重的分量。

　　在平江的四大传统产业——茶、麻、油、纸中，茶排在第一位。悠长的岁月里，平江的红茶，沿着那一级一级用磨石砌就的古道，流出大山，又沿着汨罗江流进洞庭湖，流入长江，流向蔚蓝色的大海，流到遥远的欧洲……

　　当日本人的炸弹在汉口和长沙炸响之后，老祖父的"顺生"不复存在了，他到最后甚至倾家荡产了。而我祖父的一身手艺还在。新中国成立后，他被供销社招聘，常年守在山区的收购站收购茶叶。我十来岁时，祖父守在离家十多里远的泥鳅湖大山里的一座寺院收购茶叶。那是一座明代留下来的古寺院，青砖的墙，青石的门窗，青石板铺就的天井，屋门口还有一棵苍老的柏树。那时，偌大的寺院里已经没有了佛像，也没有和尚，就只有我祖父一个人守在那里收购红茶。山民们将自家制作的红茶用大布袋装着，一担一担挑到寺院里来，在木楼上堆成一座座小山。

　　祖父从他们的布袋里抓一把茶叶闻闻，看看，在一只大粗碗里泡上一碗，喝一口，然后便将茶叶三等九级的成色定下来了。经祖父看过的茶，从来不出差错。有一回，一位山民挑了一担上好的茶叶来了。祖父看看，闻闻，喝下一口之后，只给他定了个二等一级，山民不服，他挑着茶叶多走 40 里山路，直接送到县城的茶叶公司去了。而县里的茶叶公司，依然给他定的是二等一级，山民惊讶了，他说："怎么在泥鳅湖给我定的是二等一级，到了你县城里，还不能给我一个公道？"

茶叶公司看茶的技术员笑着说："在泥鳅湖看茶的人，可是我师父的师父呀！经他的眼睛看过了，你还跑到我这里来说什么长短呢？"

祖父凭着这手绝活，看了一辈子的茶，他被供销社苦苦挽留着，在泥鳅湖九方寺那座古老的寺院，看茶看到 78 岁才回家。我一到暑假便到九方寺去玩，夜夜枕着茶叶的香气入梦。在九方寺清清的长夜里，那是怎样一种茶香啊！她香得那么幽静，那么沉着，那么温润如初……

九方寺的茶香，铭心刻骨般留在了我童年的记忆里。后来，不管我漂泊到了什么地方，不管心里多么烦躁不安，只要一想起伴着祖父在九方寺的夜晚，那股绵长的茶叶幽香，我的心便会变得安稳、宁静。我就这样与茶结下了不解之缘。

2003 年，我回到家乡平江任县委副书记，分管意识形态线上的工作。我将平江所有的大山都跑了一圈之后，向县委提出：平江应该立即发展有机茶这个产业。

县委书记问我：有机茶是个什么东西？

我说：要把有机茶说清楚，恐怕要一天时间，因为它有 100 多项指标。简单一点说，我们平江过去没有工业污染，没有农药化肥，没有汽车尾气时产的茶，就是有机茶。有机茶要在一级土壤、一级水源、一级空气的环境下才能生长出来……在欧洲，有机茶的身价相当于一般茶叶的十倍，它有专门的储运车，在专门的店铺或专柜销售……

县委书记似乎将我的话听进去了，他说：那你就来推动这个有机茶产业的发展吧！

于是，在2004年的春天，我这个分管意识形态工作的副书记，又分管了一项特殊的工作——有机茶产业的推广。当年，县农办成立了一个临时机构——有机茶产业发展办，并划拨了财政预算6万元，作为发展办的工作经费。我召集各生态环境良好的山区乡镇负责人开了一个会，专门部署有机茶产业的发展。

那时，跟我做秘书工作的谭启明是学林业的，平时在政研室写材料，我下乡调研时他便跟着我下去。他也被我对有机茶的这份热情感染了。他有一个弟弟叫谭斗高，高中毕业后，在加义镇学做酱皮干，开一个酱干作坊，赚了点钱。谭启明便鼓动他弟弟谭斗高去搞有机茶。谭启明还有一个妹夫叫吴桥清，是做皮鞋生意的老板，谭启明也鼓动他莫搞皮鞋了，去搞有机茶。于是，做皮鞋生意的老板吴桥清和酱干作坊主谭斗高在谭启明的鼓动下，正式成立了湖南白云高山茶业有限公司，带着老父亲一道到福寿山山腰上的白寺村种茶去了。

白寺村有着深厚的茶文化底蕴。

白寺村原来有一座古寺，名叫白云寺。史载，唐朝将领白祈（侍郎），为避安史之乱，躲进常年云遮雾罩的福寿山中纯溪边，建白云寺修行，并开辟茶园数十亩。白祈潜心研究茶道，因加工制作出来的茶叶显现白毫，又长期生长于高山云雾之中，遂取名"白云毛尖"。后人为纪念白祈，将纯溪改名为白水，将福寿山山腰这片村庄改名白寺村，将他当年种茶的山头取名为茶山。

传说，陆羽当年遍访江南种茶人，有一年来到福寿山白云寺，在此居住了一段时间，与故交白祈（陆羽幼年托身佛寺时与白祈将军相识）深入探讨茶叶栽培技术，相互取长补短，并做了大量的栽培试验，积累了丰富经验。后来，他继续游学其他地方，到浙江隐居后，以种茶为业，总结有关经验技术，创作了惊世之作《茶经》，对后世产生了极大的影响，被尊称为"茶圣"。

一条用麻石铺就的茶马古道从白寺村穿过，经栗公坡、称公塘、猫公嘴、大岭背翻过福寿山，这里曾经是湘东腹地通往浏阳的必经之路，途中十里设一茶亭。1987年秋天，那时福寿山还没有通公路，我曾与冷旺华、邓成安、董妙林等相邀沿着这条古道，花了两天时间，爬上了福寿山，那时古道旁那些残存的茶亭遗迹还依稀可见。

谭斗高、吴桥清进驻到白寺村一边开垦茶园，一边收集当地山民采集的野茶，当年便制作出了第一批有机茶。

2006年春夏之交，正好中央美院著名老教授周令钊先生携夫人陈若菊，以及陈若菊的两个弟弟、弟媳妇一同回到阔别已久的故乡。周令钊是过去平江的首富、爽口乡托田村周家的后人，他在长沙读书时，参加郭沫若领导的抗战演艺队，投身到抗日战争的洪流之中，新中国成立后，在中央美院任教。他干过很多大事，他是中华人民共和国国徽的设计者之一、政协会徽的设计者、共青团团徽的设计者、元帅服的设计者、人民币设计者之一。开国大典时，天安门城楼上的毛主席画像，也是周恩来总理点名要他画的……人们称他为新中国"国家形象设计师"。

周令钊先生这次回来，我陪同他到福寿山上去写生。他告诉我："我常对陈若菊的娘家人说，在中国湖南最漂亮，湖南平江最漂亮，平江福寿山最漂亮，他们都不相信。我这次就是特地带他们来看看，他们的姐姐嫁到一个多么漂亮的地方去了。"

陈若菊的弟弟、弟媳都是清华大学的教授，他们带了小型的摄像机，沿途在福寿山上拍摄风光，他们都说："以前听姐夫说，福寿山是世界上最漂亮的地方，我们以为他是吹牛皮，这次来看过之后，才知道姐夫没有吹牛。"

我对周老说："都只怪您带他们来得太晚了，他们的姐姐嫁给您五十多年才带他们来看平江的山水。"

周令钊一行来到白寺村写生时，谭斗高送来了一包他们刚做出的新茶。泡了一杯喝下之后，周老说："我喝遍了天下名茶，现在看来，还是福寿山上的茶最好喝。"

我说："周老您只怕是回到家乡，就什么东西都是最好。"

周老说："我确实在外面没有喝到过这么好喝的茶。以后，每年新茶出世，你都要给我寄一点。"

我说："这个我一定做到。"

当时，谭斗高还找来纸笔，要请周老题词。周老二话没说就接过了毛笔，欣然挥笔写下了"白云茶业白云间"七个大字。

以后的十多年，每年一到新茶出世，我便记起要给远在北京的周令钊老先生寄一包产自白寺村的高山云雾茶。

有一年，我到北京开会，给周令钊老先生带了一包茶，还给我的朋友剧作家爱新觉罗·恒钺也带了一包茶。爱新觉罗·恒钺是恭亲王的嫡系后裔，我们平常叫他的外号"王爷"，他是著名的剧作家，写得一手好书法，唱得一口好皮黄，而且嗜茶如命。

"王爷"喝过一杯我带给他的茶后，连连说："真是好茶，我还从来没有喝过这么好的茶。"

我说："周令钊先生也这么说。我还以为他是出于家乡情结。王爷你也这么说，这茶看来是真的好了。"

"王爷"说："往后新茶出世时，你每年都要给我寄一点。"

于是，从此以后，每年新茶出世时，我除了给周令钊寄一份，还要给"王爷"也寄一份。

为了研究这茶到底好在哪里，周令钊先生的夫人陈若菊教授还翻看了十多本书，研究来研究去，三年后她对我说："从浏阳的大围山到平江，有一条42公里长的断裂带，这是亿万年前地壳运动造成的，这条断裂带上挤压出来的碎石中，富含二十多种元素，因此，这白寺村的茶，不仅仅生长环境好，更重要的是生长在碎石土壤中，饱含硒、锌等元素，这些元素赋予了茶特别的口感和清香……"

如今陈若菊教授已经先周令钊先生而去，而她当年研究福寿山的茶叶所得出的这个结论，我至今还记得。

谭斗高、吴桥清他们的白云高山茶业，经历十余年的发展，现在已开垦出了2860亩茶园，加上与村民联建的基地已达到了5000余亩，产品多次获得全国农交会金奖。难能可贵的是，这些茶园还使周边三个边远贫困村三百多农户有了稳定的劳动就业机会。

然而，养在深闺的白云茶，现在并不被更多的世人所识，每年加工出来的茶叶，还不到一半。他们仅仅采摘了清明前后的嫩芽做茶叶，后面生长出来的叶子，都修剪到地里做了肥料。在这个信息技术高度发达的社会，我深信，在不久的将来，定然会有越来越多的人，认识到这养在深闺的好茶。

使人感到遗憾的不仅仅是生长在福寿山上的茶叶半收半毁，2015年我到泥鳅湖山里的秋水村去蹲点扶贫时，发现半个世纪前远销欧洲的优质红茶，已经销声匿迹了。

我问他们："以前这山里最大的产业是做红茶，远销欧洲，几乎家家户户都做红茶，怎么现在不做了呢？"

人们告诉我："自从 20 多年前供销社改制之后，这销售渠道就断了。"

我又问："原来那些茶蔸呢？"

山民们告诉我："那些茶蔸，都生长在山坡上的旱土里，现在村里的年轻劳力都外出打工去了，山坡上那些旱土也就荒芜在那里多年无人问津了，年复一年，那些老树茶蔸便被疯长的柴草淹没了。"

我对村里一位当年制作过红茶的老人说："你们能不能到柴草中去寻找当年的老茶蔸，帮我制作一点红茶。我无数回做梦都梦见当年九方寺里的茶香。"

老人说："我们去找找。"

后来，老人在山里的柴草中找到了一些老茶蔸，给我制作出了 24 斤红茶。

我将这一袋红茶带到坪上书院，作为招待用茶。有一回，隔壁自在平江的廖总到书院来聊天，我泡了一壶红茶给他喝，他闻着这香味，望着这汤色，喝着这茶水，称赞不绝，硬要分走一半带到北京去招待朋友。

　　后来，我每年都要秋水村的老人到山里去寻找老茶蔸制作一点红茶，第二年他给我制作了 60 多斤，去年制作了 100 多斤……我把这茶命名为"坪上老树红茶"，凡到过坪上书院喝过这茶的人，没有人不说好。

　　我深信，酒香不怕巷子深，泥鳅湖山里的红茶也好，白寺村的绿茶也好，在不久的将来，一定会被越来越多的世人赏识。